고래가
나를
벗어나

임지훈 시집

상상인 시선 045

고래가 나를 벗어나

*본문 페이지에서 한 연이 첫 번째 행에서 시작될 때에는 〈 표기를 합니다.
*저자의 의도에 따라 작품의 보조 동사와 합성 명사는 띄어쓰기가 달라질 수 있습니다.

시인의 말

모두
색깔을 벗고 사라졌다

바다에 나만 남았다

2024년 1월
임지훈

■ 차 례

2부

1부

검은 은화

눈에서 몰려 나간 빛 때문인지 사진에서 떠나간 바람 때문인지 바깥을 잠근 채 혼자를 견딘 꽃이 피어나고 있다 피자마자 흩날리는 바람에게 밀려 까라지고 있다 꽃을 보면서 그가 원하는 색깔이 무엇인지 생각하였다 크레파스처럼 출렁거리는 밤의 강을 보면서 그를 위해 어떤 색깔이라도 될 수 있겠다는 생각이 들었다 날리는 꽃잎의 궤도에서 눈을 떼고 밤하늘을 본다 별은 빛나고 있다 블루에서 다크 레드, 시간에 파리하게 질린 검은 은화의 색깔인 별도 있다

다시 꽃을 바라본다 마구 피어나던 내 속의 여자가 꽃으로 빠져나가 밤하늘에 나부끼고 있다 달빛과 고스트 화이트*가 밤하늘을 적시는 그 잠깐 동안 내 속으로 헤아릴 수 없는 여자가 들락거렸다 도무지 알 수 없는 나를 이 봄은 어디까지 몰고 갈 것인지, 봄밤은 언제쯤 내게 색깔을 돌려줄 것인지, 밤은 허황되고 어두운 블루만 되쏠 뿐 말이 없다

* 헥스표 #F8F8FF, 드러나지 않는 흰색.

반점

나비의 역사는 의문으로 가득 차 있다 오래된 책상 같은 노르스름한 알에서 주황색을 띤 모형 자동차를 닮은 애벌레로 그리고 교전 중인 들판의 초록색 배추벌레가 된다 벌레는 조지 워싱턴의 결심을 끝내야 나비가 된다

검은 반점 때문인지 배추흰나비는 왈츠처럼 통속적인 인상을 풍긴다 정치는 반점조차 감추고 있다

그를 기다리기 심심해 나는 손가락으로 주차장 벽에 꽃이 마구 피어나는 병풍을 그린다 병풍 속으로 나비가 침범하여 백접도百蝶圖가 완성되었다 그는 나를 지나쳐 그 병풍 속으로 들어가고 있다

배추벌레를 손가락으로 눌러 죽인 적 있다 비릿하고 슬픈 냄새가 났다 오래된 나의 도시에서도 비슷한 냄새를 풍기고 있다 그를 기다리고 있는 나에게도 풀냄새가 나고 있다 그가 원하는 대로 나를 바꾸었다 나의 실지實地 여자를 버리고 다른 여자까지 꺼내 그에게 주었다 사랑에는 고백 본능이 있다

꽃의 고백에 이끌려 나도 병풍 속으로 들어갔다 그 속에

서 나는 희미한 잠을 만났다 나비가 꽃에 닿을 듯 말 듯,
동항의 해류가 풀리면서 해면에 닿을 듯 말 듯, 잠 속에서
나도 고백을 시작한다

　백접도를 들락거리는 꽃과 나비들에게 휩싸인 나의 다른
여자도 천천히 드러나 잠결처럼 우리 둘은 라크메*의 '꽃의
이중창'을 부르기 시작한다 병풍은 부드러운 잠이 흐르고
있는 음악에 취해 나비의 고백을 놓치고 있다

　• 레오 들리브(1836~1891)의 마지막 오페라.

내화벽돌

달콤하고 밀도가 높은 고음에 나를 살짝 포개고 있다 사랑할수록 체중을 싣지 않아야 한다 그녀의 음성에 내가 스며 하나가 되고 있다 우주는 고요하고 몸 두 개만 남았다 그녀의 동자曈子가 절벽에 매달려 몸부림치다 날아가 흰자위만 남았다 굿판에서 사라지던 작두 위의 그 눈을 닮아 있다 금지된 호흡이 서로 엉켜 흰자위로 변해버린 지금이 신비하고 두렵다

달빛으로 펼쳐진 들판을 홀로 걷고 있다 그녀는 고통에 비틀어진 육성만 남기고 달빛 너머 지평선 너머 사라져버렸다 다가가도 지평선은 자꾸 더 멀리 사라지고 있다 그녀의 허스키한 비명만 들판에 남아 있다 그 절규는 들판의 목구멍에 걸린 검은 새처럼 컥컥대고 있다 달빛은 모두 부서져 벌판에 고스트 화이트'만 가득하다

어쩌자고 밤은 착유기까지 사용해 우리를 모두 짜내었을까 들판에 남은 건 뜨거운 사랑에 심장이 찔린 남루한 레퀴엠, 빛의 절벽에서 간신히 올라오다 다시 낭떠러지로 떨어지고 마는 그레고리오 성가, 새로 만들어진 제단 위에서 고스트 화이트의 육신은 새삼 부르르 떨고 있다 그 진동에 불같은 생을 막고 있던 내화벽돌이 툭툭 갈라지

고 있다

* 헥스표 #F8F8FF, 드러나지 않는 흰색.

까치살모사

자목련의 입이 역광에 달궈지고 있다 가계도는 입을 통해 시작되고 이어지고 끝을 암시하며 닫혀버린다 입이 열린다 꽃의 유산인 갈색의 잔털은 입에서 입아귀까지 이어지고 있다 화살촉을 닮은 오각형의 저 대가리, 누굴 닮았다 까치살모사, 나는 누구를 파먹으며 살아왔을까 너무 가벼워져 안드로메다은하까지 날아가 버린 그녀, 그녀를 생각하면 죄책부터 떠올리게 되는 나의 회로가 식상하고 가볍다 봄밤이 색깔로 부추기는 저주도 지겹고 색깔에 갇힌 줄 모르고 계속 돌아오게 되는 생도 넌더리가 난다

빛을 탕진한 자목련

빛은 계단을 하나씩 내려오고 발은 올라가고 있다 계단
을 하나하나 채우고 내려와 세계를 출렁거리게 하는 빛, 저
빛에 배를 띄워 나는 어디까지 건너갈 수 있을까 빛은 느
리고 게으르다 물의 역순으로 세계를 채우는 빛은 항상 늦
는 것에 대하여 태연한 이유가 무엇일까

나는 계단 아래에 서서 빛을 올려본다 빛이 쏟아지니 목
련나무가 몸을 부르르 떨며 마지못해 더블베이스의 음색으
로 자주색 꽃을 뽑아내고 있다 자주색은 빛에 대한 저주,
오늘에 닿자마자 또 색깔을 바꾸며 웃고 있는 속되고 탕
진한 저 짐승 같은 꽃, 늘 출렁거리며 세계를 삼키려고 벼
르는 경經의 바다 같다 몸을 봉헌하지 못한 사랑처럼 허청
같고 맹盲인 저 막막한 자줏빛

크리스 보티

일은 코로나로 격리가 끝난 뒤 시작되었다 뒤가 묵직해 단순한 치질로 알고 조痔를 다스렸다 약을 먹어도 차도가 없었다 뒤에 매달린 그것처럼 어둡고 축축하게 여생이 흘러갈 것으로 느껴져 우울하였다 뒤가 어느 밤엔 풍선처럼 부풀어 올랐고 비 오는 밤엔 짐볼만큼 자라 나를 태우고 동네를 한 바퀴 돌며 집집마다 삐죽 솟아난 꽃들을 모조리 간섭한 뒤에야 나에게 잠을 돌려주었다 몸에 돋아나 자라기 시작한 붉은 공은 점점 질겨졌고 언제부터인지 친구처럼 대해 달라고 뻔뻔하게 굴었다

사랑스러운 점은 책상에 앉아 아프고 신묘한 파울 첼란이나 이성복의 시를 읽다 내가 시 속으로 말려 들어가면 붉은 공은 연꽃처럼 펼쳐져 시 속에서 나를 건져내주는 것이다 그물침대에 나를 담고 아득한 와디 속이나 극점으로 데려가 잠보다 달콤한 색깔의 혀에 눕혀 놓고 붉은 색깔로 나를 시로 다시 피어나게 해주었다

붉은색이 어둑어둑한 회색으로 변하면서 문제가 생기기 시작하였다 밤에 특히 쑥쑥 커지면서 거대한 회색 짐볼은 음악을 연주하기 시작했다 트럼펫에 영혼을 합친 듯, 크리스 보티'의 연주처럼 너무 아름다워 나는 볼륨을 줄여야

하는 걱정 속에서 금관의 음악에 송두리째 갇혀 꼼짝할 수 없게 되고 만다 내가 어디에 있는지 왜 음악인 마젠타** 속에 갇히게 되었는지 모른 채 나는 버터가 되어 녹아내릴 뿐이다

* 미국 태생의 트럼펫 연주가.

** 헥스표 #FF00FF, 밝은 자홍색.

거미줄

백련은 달빛에 제 그림자를 보며 무슨 생각을 할까 난 그대를 떠올리면 새벽 어시장의 안개와 레몬 시폰*이 되어 사라지던 바다의 갯내가 떠오른다 그대는 입이 없는 여자, 백련은 봄과 밤의 협수룩한 곳을 찾아 떠나갔고 나는 춥다 날카로운 봄밤은 차가운 울대까지 빼앗아 가버려 나는 춥다

아메리카 인디언들은 이야기를 공유하게 되면 그 조각들을 나눠 가진다고 믿었다 어느 봄밤 우리가 도시의 바다에서 어둑한 불빛을 바라보며 나눠 가진 것은 늙은 파도를 비웃던 바다였을까 방파제에 갇혀 항구를 떠돌던 목련이었을까 까마득한 밤 속으로 사라지던 박쥐의 의구심이었을까

겨울 지나고 그대에게서 마음이 말보다 훨씬 힘이 세다는 문자가 왔지만 내겐 너무 늦었다 내 간절함을 봄밤이 흩트린 탓도 있지만 그대에게 거미줄이 있다는 걸 알았다 거미줄에 대하여 묻지 않았다 그대의 눈에서 읽혀졌기 때문이다 공연히 아메리카 인디언을 빼닮은 다니엘 데이루이스**도 싫어졌다

---

* 헥스표 #FFFACD, 투명에 가까운 연한 노란색.

** 영화 '라스트 모히칸' 주연 배우.

해바라기의 후예

코로나 확진 후 격리 중에 가슴이 답답해졌다 당국에서는 산소포화도가 94% 이하로 내려가지 않으면 괜찮다고 했다 격리 해제 후에도 가슴이 묵직하더니 몇 달 후 딱딱한 것이 만져졌다 병원에서는 심인성 종양이며 사라질 것이라고 하였다 식탐이 원인으로 짐작되어 스스로 야코가 죽었다

경*의 무게를 감당하지 못하면 종으로 살아야 한다는 말을 떠올리며 나는 종양에 자유로워지기로 하였다 드디어 몸을 헤집고 딱딱한 것이 조금씩 돌출되기 시작했다 몸 밖으로 나오면 악성이 아니라고 모두들 기뻐하였다 모양이 조금 이상했다 포크처럼 생긴 것이 밀고 나왔다

이 포크는 잉카 시대로 나를 퇴행시키고 말았다 태양만 보면 나를 해바라기로 만들었다 도시의 획일적인 생각이 포크로 돋아났을까 하는 의문을 가지고 빛에 휘둘리며 해바라기로 살게 되었다 태양의 제국에서 살았던 기억까지 돋아나 서울의 모자라는 광량 속에서 빛에 예속된 채 행진만 해야 한다는 걸 알게 되었다 해바라기의 소속임을 깨닫고 있지만 나는 비에 씻긴 연두의 하늘이 언젠가는 활짝 열릴 것도 알고 있다

사라진 시대

겨우내 제설작업에 시달렸더니 청명이 지났는데 손에 눈
이 스며 푸르뎅뎅하다 큰 장갑을 낀 것처럼 손이 늘어났
다 탄력이 사라진 시대를 낀 것 같다 전쟁으로 소란한 수
평선에 불과 물, 두 개의 선이 그려지듯 낡은 손과 똑똑한
뼈가 오늘을 나에게 보여주고 있다 헐거워진 만큼 자유로
워졌다는 뜻일까 물결이 이젠 잔잔해질 것이라는 암시일
까 내가 나보다 헐거워져 장갑을 벗듯 나를 벗어버리게 될
날이 내일일 수 있다고 푸른 손은 들릴 듯 말 듯 속삭이고
있다 귀담아들을 이유도 뉘우치는 체할 필요도 없다

맑은 수프

치킨수프에서 기름기를 걷어낸 바이올렛 레드* 같은

빛처럼 매 순간 솟아오르는 정신 같은

달콤한 침이 흥건한 작별 키스처럼

가자지구에서 남쪽으로 가고 있는 처녀의 의구심 같은

청명의 정수리를 겨냥하고 있는 총구처럼

밀밭 그 푸른 바다에 숨어 있는 기뢰 같은

혼자 피어 있는 마리우폴**의 민들레 같은

두려움의 끄트머리에 박혀 있는 지뢰 같은

* 헥스표 #C71585, 생생한 핑크.

** 우크라이나의 중요 거점 도시.

레몬 시폰

늘 폭포처럼 쏟아지는 모래, 레몬 시폰 속으로, 그 환(幻) 속으로 쓸려 들어가 파묻혀야 잠에 빠져들 수 있다 레몬 시폰은 무게가 없고 향기가 없고 자세히 바라보면 색깔도 점점 희미해져 사라지고 있다

눈을 뜰 수 없었던 사막폭풍 속에서 웅크리고 있었던 적 있다 폭풍이 지나가길, 길이 다시 드러나길 기다린 적 있다 나는 환(幻) 속을 거닐 만큼 어리석거나 얇은 여자는 아니다 모래폭풍은 살아 있는 오늘처럼 한 가지 색깔로 몰아치고 있다 생애는 뭔가를 내놓아야 할 때가 찾아오고 만다 온몸에 힘을 주고 그 존재에 화인(火印)으로 지지듯 나를 인식시켜야 할 때가 찾아오고 만다

소유주를 위한 제사, 제(祭)를 마치면 모래폭풍이 가라앉고 카키가 빛을 머금고 허공에 떠 있다 그때 비로소 잠은 나를 거두어 준다 잠 속에서 카키에서 레몬 시폰으로 나의 색깔이 사막 본래의 건조한 영토를 넓혀가고 있고 나를 봉헌하듯 배꼽 위에 가지런히 두 손을 모으고 다음 차례를 기다리고 있다

나의 색깔엔 본래 주인이 없다

* 헥스표 #FFFACD, 투명에 가까운 연한 노란색.

관음증

　오르막길에서 브레이크가 고장 난 화물차, 과적된 바디
백, 차가 뒤로 밀리는 순간 터져버린 지뢰, 그가 떠올랐다
전쟁이 끝난 줄 알고 꽃처럼 피어난 그 사람, 짧은 봄의 폭
발음에 갇혀 그는 공중에 자욱하게 흩어져 있다 그해는 봄
비치고 너무 많이 쏟아졌다 난초의 꽃대처럼 꼿꼿한 도시
가 휘어질 만큼, 모든 도시의 창문들이 포연에 흐려지고 있
다 폭음에 예민하지 않은 도시는 없다

볼셰비키, 다수파

서울을 떠나야겠다고 생각할 때가 있다 누군가가 옹이처럼 박혀 있는 풍경에서 벗어나야 한다고, 서울은 갈색 계열로 까라지고 있다 깨끗한 비가 쏟아지길 기다리고 있다 빗발로 봄밤은 색깔을 되찾아 아쿠아마린*으로 다시 태어나는 도시, 색깔을 되찾아 서울은 빛깔 그 자체가 될 것이다 색깔이 깨어나 빛나다가 반짝이다가 빛에 빛을 끼얹었다가 도시는 팽팽하게 다시 태어날 것이다

누가 빈한한 서울에 불을 질렀을까 금방 날아가 버릴 것 같고 너무 가벼워진 저 도시가 날리고 있는 잿개비에서 벗어날 수 없다니, 물이 불을 가두고 있었다니, 불 속에서 물이 다시 뿜어져 나오고 있었다니, 아쿠아마린을 알지만 도시는 회색에 갇혀 쓰러지고 말았다 색깔을 알지만 늙어버린 도시, 수태고지가 멈춘 도시

* 헥스표 #7FFFD4, 물빛처럼 연한 블루.

빨대

누가 송두리째 빨아갔을까 빨대의 동그란 자국만 남은 나의 외피, 나는 말끔하게 증발되고 말았다 나는 잠수복처럼 변해 구석에 처박혀 있다 휴대폰도 생각도 행선지도 오늘의 식단표도 순식간에 사라져 버렸다 나를 따라다니던 빛도 무거운 허물처럼, 버려진 나처럼 공장 구석에 쌓여 있다 뱀이 선명한 올리브를 던졌다 허물이 된 빛은 올리브를 보지 못하고 고갤 숙이고 있다 내게 그 열매에 닿자마자 나는 연두색으로 피어나듯 다시 살아났다 나를 물들인 페일 그린*이 너무 아름다워 색깔의 기억까지 벗어 바람에게 넘겨주었다 색깔을 벗었다고 즉각 제재가 내려졌다 정신이 찐득거리는 식용유로 착유 되고 마개까지 닫히고 말았다 스스로를 지키지 못해 녹물마저 차단된 그 도시처럼, 유통기한이 지난 올리브유처럼, 문장의 행간에 버려진 채 도시의 바닥에 깔려 탁해질 것을 각오하라는 말만 되풀이하는 저 굳은 표정은 어느 별에서 파견 나온 관리자일까

* 헥스 분류표 #98FB98의 색깔, 옅은 녹색.

낟알

횅뎅그렁한 들판에 획 소리가 나도록 나는 던져졌다 들판에 가득한 빛을 마셨고 낟알을 삼키며 하루하루를 이어갔다 들판에서는 비바람보다는 꽃이 심란하게 피어나는 아침이나 어둑한 안개 새벽에 휘둘리기 쉽다 까마귀들이 내려앉은 곳이 침실이었고 하루의 첫 빛 꽂히는 들판이 나의 식탁이 되었다 들판이 키운 나는 황량한 바람을 처음부터 알아보았지만 들국화는 들판의 바람을 거들떠보지 않았다 꽃은 완벽한 결핍 속에서 검은 새처럼 들판을 덜어내고 제하기만 하였다 나는 어느 오후 벌판을 벗어났다 바다에 정착한 이후 들판을 잊었다 어느 날 황망한 바람이 내게 불어와 들판이 시름시름 갈라지고 있다고 일러주었다 나는 발끝으로 바다만 후벼 팠다 아무것도 생각나지 않았다

아이스 블루

얼어붙은 폭포를 밤새도록 산양처럼 기어올랐다 그의 스크루에 나를 걸 수 없어 혼자 밤새 빙벽을 기었다 청빙은 충격을 가하면 잘 부서진다 그도 살짝 떠보기만 해도 상_相이 바뀐다 청빙에는 아이스바일*이 잘 박히지 않는다 기껏 박아 넣더라도 청빙이 깨져 순식간에 위험해진다 겨울에게 삭제당하면 바다로 가라앉아 천천히 색깔을 빨아들여 다시 시작하면 되지만 겨울 폭포는 청빙이기 때문에 두 번의 기회는 없다

내가 청빙이 되었다는 사실을 그는 아직 모르고 있다 얼어붙은 폭포, 겨울이 스스로를 찾았을 때 아이스 블루가 가장 위험하다 더 이상 오를 수도 돌아갈 수도 없는 순간에 맞닥뜨릴 수 있다 겨울밖에 모르는 그 남자는 나의 생을 비틀고 꺾어 각을 새겨 넣었다 나를 비스킷처럼 부서지게 한 적도 있다 나는 겨울을 지나가기 위해 그 일을 잊었지만 내 속의 실지 여자는 잊지 않고 아직 청빙으로 남아 있다 겨울 폭포 꼭대기에 그가 거문고를 켠다고 앉아 있다 현금_{玄琴}을 연주하기 위해 아이스 블루 위로 올라갔다고 생각할 만큼 나는 단순하지 않다

* 헥스표 #99FFFF, 옅은 블루.

** 빙벽을 오르기 위한 장비.

코카인

항문을 물어뜯긴 커다란 짐승의 찢어지는 비명이 밤빛으로 언뜻언뜻 드러나는 바다, 송곳니에 물려 처절해진 짐승이 땅바닥에 밑을 대고 달아나며 포효하듯 해명海鳴이 울리고 있다 피 냄새가 번들거리는 아가리의 모르는 표정 같은, 흉터 같은, 더러운 빛이 뿌려지고 있는 바다, 그 바다 표면에 일고 있는 핏방울 같은 잔물결이 틈을 벌려 어둠 속에서 바깥을 살펴보고 있다 짐승의 기침같이 속에서 밀려 나오고 있는 메스꺼운 피 냄새, 피로 돌고 있는 생리의 바다

야비하고 목이 두꺼운 짐승인 검은 바다, 아가리 냄새를 감추며 바람에게 털을 세우고 있다 피와 변이 범벅이 된 주둥이 냄새를 맡지 못한 착해빠진 여자 같은 배들 슬금슬금 선착장을 빠져나오고 있다 마비된 채 사랑을 조금 맛보고 어떤 아가리인지 모른 채 조금씩 검은 바다로 들어가고 있다

사월

빛에서 떨어져 나온 꽃이 사월에게 늦은 인사를 하는 영가의 어깨를 따뜻하게 감싸주고 있다 벚꽃과 백련 그리고 하얀 연꽃은 밤을 지배하는 꽃이다 먼 길 돌아 사월에 피어난 빛의 음성이 꽃으로 몸을 갈아입은 것이다

초록과 연두의 순결한 숨결은 이쪽을 기웃거리고 있는 영가에게 이젠 쓱쓱 지우고 돌아가라고 흔들어주는 손이다 영가들이 남(藍)빛처럼 허술하게 비어 있는 변방으로 떠날 때 배웅하는 초록 손이다

기쁨이 슬픔에게 슬픔이 다시 음악에게 맺히고 풀어질 때, 옆에서 악기의 머리를 땋아주는 연두의 손이다

2부

플로럴 화이트

벚꽃 가지 사이에 고여 보이지 않게 출렁거리는 하얀 바다를 노란색 배가 지나가고 있다 플로럴 화이트의 바다를 검정 줄무늬 배가 지나가고 있다 잉잉거리며 신수神水의 바다를 지나가고 있다 빛을 넘어 물을 건너 어디까지 갈 요량으로 배를 띄웠을까 나의 침실에서도 노란색이 잉잉거리고 있다 곧 날아간다고 하면서 침대 위에서 잉잉거리고 있다 나를 건너 저쪽으로 날아갈 것을 각오하고 있는데 노란색은 왜 잉잉거리는 소리만 내고 있을까 선착장에 매어둔 배처럼 침대 옆엔 배 한 척 있다 흘러갈 배舟 속에 거울 같은 얼굴이 타고 있다 배를 혼자 보내라고 말을 왜 할 수 없을까 잉잉거리는 소리가 잦아들며 배도 사라지고 없었던 물소리도 가라앉고 있다

* 헥스표 #FFFAF0의 색깔, 벚꽃의 흰색.

스프링 그린

내가 어릴 때부터 그녀는 누워만 있었어 심부름만 시키기에 집을 나와 기웃거리며 산다는 게 심심하다는 걸 알았어 있어도 없는 그녀, 운동회날 엄마와 달리기 시간에 난 함성을 벗어나 교사校舍 뒤를 혼자 빙빙 돌았어 그런 날은 점심시간이 귀찮았어 김밥 몇 토막을 주며 너무 많이 쏟아지던 질문들, 부산에 그녀와 같은 환자가 몇뿐이었어 그녀는 창피하다고 집 밖으로 나가질 않아 휠체어도 없었어 고교 때 그녀를 업고 부산에서 강원도 기도원에 간 적 있어 사람들이 모두 쳐다보며 혀를 차서 불쌍하다는 눈빛 속에 죄책을 후비는 철사도 들어 있었어 내가 그녀를 아프게 만든 것을 알았어 그녀는 아픈데 난 창피한 것만 떠올라 이중으로 죽고 싶었어 숲처럼 후박한 목소리와 눈빛이 따뜻했던 기도원은 지푸라기라도 잡으려는 손에서 썩은 지푸라기까지 빼앗기만 했어 그때 이미 세상은 제멋대로 굴러가고 있다는 걸 알고 말았어 이젠 창밖을 보듯 그냥 바라볼 수 있어 무거운 여자를 업고 낑낑대던 그 소년을, 기도원의 값싼 커튼과 웅얼거리는 기도 소리를 담담히 바라볼 수 있어 이제야 그녀가 그토록 찾고자 했던 것이 스프링 그린인 걸 알았어 요즘 나도 자꾸 어지러워 그녀가 다가와 저쪽에서 획득한 무서운 힘으로 내 머리카락을 잡으려고 해 나는 그 손아귀를 벗어나려고 몸부림을 치며 꿈에서 깨어나곤

해 어제도 라일락을 바라보다 너무 아름다워 쓰러지고 말
았어

* 헥스표 #00FF7F의 색깔, 밝게 봄이 막 돋아나는 녹색.

라임 그린

일가를 이루게 되었다 겨울 내내 전신주처럼 서서 바람을 흘려보내며 눈보라에 흐려지던 하늘을 필사하던 플라타너스, 청명의 잎을 틔우며 비로소 일가를 이루게 되었다 나는 보았다 청명에서 곡우까지 나무는 집을 이루기 위해 믿고 사랑하고 기다리는 것을, 이제 울창하여 잎새 덩어리로 언어의 집이 되어 있다 그 집은 하늘처럼 가만히 있어도 맑고 아득한 노래가 울려 단단한 기쁨이나 깊은 슬픔이 살고 있는 둥지가 되어 있다

나도 집을 지었다 언어로 집을 지었는데 언어는 벽이나 마루 그리고 부엌을 만들고 사라져버렸다 집의 슬픔을 알게 되어 하늘은 맑고 아프다 곡우에 닿은 집은 하늘빛을 깨닫고 바다가 되어 출렁거리고 있다

창 안의 슬픔을 엿본 풀은 스스로 휘어져 바람에게 몸을 넘기고 떠나고 있다 집 속이 비어가는 걸 알아차린 나무는 조금씩 숲을 벗어나 들판까지 지나 떠나고 있다 들판도 라임 그린이 반짝이는 풍경을 남기고 바다로 떠나고 있다

정신이 창으로 빠져나가 집은 어두워지고 삭아갔지만

라임 그린이 찾아와 매일매일 색깔을 끼얹어 깨우고 있다

* 헥스표 #32CD32의 색깔, 레몬 빛과 비슷한 밝은 녹색.

파이어 브릭

그대를 생각하면 잠이 아깝다 밤을 버티다 깜빡 잠에 머리카락이 닿았다 까무러치게 아름다운 레드에 파묻혀, 눈이 감기는 향기 속으로 미끄러져, 노란 줄무늬의 배에 태워져, 울긋불긋 장미로 가려진 마녀의 집으로 끌려갔다 꽃향기를 탐닉하다 휘어져버린 마녀의 코는 가까이에서 보니 오히려 흉하지 않았다 마녀는 원피스를 입고 있었다 파이어 브릭의 땡땡이가 있는 하얀 원피스였다 주름진 코가 중이 난 눈보다 우습고 귀여워 보였다 천년 동안 굵은 그녀의 코끼리 코는 나를 후비고 킁킁대며 추궁하였다 그대에 대하여 한 마디도 발설하지 않았다

장미의 나라에서 매일 첫날 아침처럼 피어나고 빛나고 반짝이는 그대를 나는 모른다고 하였다 마녀는 그녀가 장미의 숲을 훔쳐 갔다고 하였다 장미의 기름으로 켜둔 촛불에 끄슬린 마녀는 끝내 장미의 꽃잎 같은 검붉은 혀로 나를 괴롭혔고 나는 코카인 같은 다크 레드에 혼절하고 말았다 검고 위험한 욕망 속에서 밤과 색깔을 잃고 갇혀 있었다 핑크의 가벼운 발소리로 그대가 다가와 나는 그 품에 안겨 마녀의 집을 빠져나왔다

나는 돌아왔지만 그대가 사라져 모르는 골목을 배회하

고 있다 어느 아침 붉은 벽돌집 창문을 흘낏 보았다 음전한 여자가 장미를 다듬고 있었다 장미는 미세하게 끓고 있는 꽃이라 시간이 위험하다고 혼잣말을 하고 있었다 나는 그때 깨달았다 사랑의 주름진 얼굴을 마녀를 통해 미리 보았다는 사실을

* 헥스표 #B22222의 색깔, 짙은 자주색.

로열 블루

청명 지나 이틀 뒤
무성한 색깔로 일가를 이룬 계수나무가
쇼핑백을 하나 주었다

새벽에 퇴근하여 길가 벤치에 앉아
두 시간째 병원이 열리길 기다리며 계수나무를 보고
있다
잠이 아까워 등한시했더니 몸이 삐걱거린다
몸을 열어주러 찾아온 초록과 연두

쇼핑백을 열었다
쪽지가 있다
'너를 잊어가는 네게 주는 작은 선물'

쇼핑백 속엔 각설탕처럼 녹색이 조금씩 녹고 있는 바다
가 있었다
나는 보았다
녹색의 해류와 고래가 어울려 출렁대고 있는 것을

어느새 초록 속으로 나도 빨려들어 물결치고 있었다
불안한 초록의 수평선에 서서 춤을 추고 있었다

고래가 나를 벗어나 쇼핑백 바깥으로 튀어나오려고 출렁댔다

바다를 막고 고래를 막고 있는 손이
누구의 손일까

* 헥스표 #4169E1의 색깔, 생각이 많은 블루.

다크 그레이

6층 대학 건물 좌우로 뿌리를 내리고 있는 느티나무 두 그루, 건물과 나무의 몸집이 비슷하다 나무의 백회에 얹힌 새소리와 집은 어떻게 반백 년을 같이 살아왔을까 회색에서 이젠 다크 그레이로 흘러내리고 있는 집의 딱딱한 생각을 검은 나무는 어떻게 받아들이게 되었을까 냄새도, 품고 있는 열정도, 갈라지고 있는 뿌리도 서로 다른데 불어오는 바람을 이리저리 나누며 어떻게 같이 살 수 있었을까

가득한 빛으로 표정을 분간할 수 없는 아침엔 집과 나무가 같아지고 있다 슬픔은 다르지만 눈물은 같다 빛의 창가에 피어나는 꽃을 나무와 집이 매일 함께 바라보다 같은 마음으로 자라날 수 있다 기쁨이 물빛의 그네를 타고 흔들리면서 뿌리에서 잎까지 새처럼 날아다니며, 벌레처럼 지저귀며, 같은 음악으로 피어오르다 닮아가는 것일까

나무가 색色보다 깊고 고양된 영혼인 것은 알고 있지만 집의 영혼은 어떤 신비로 나무의 깊이에 이르렀을까 나무 두 그루가 집을 감싸 안고 있다 집의 영혼은 매일 어떤 기도를 하였기에 나무속으로 스며들어 목신의 영혼으로 자라게 되었을까

〈

겹쳐진 잎의 그늘만큼 헤아릴 수 없고 반짝이고 있는 사랑은 뿌리에 머물고 있다 나무나 집의 뿌리가 사랑인 까닭은 뿌리 속에 여자가 살기 때문이다 물처럼 흘러가고 있는 여자, 꿈을 꾸듯 흐르고 끊임없이 채워지는 측심이 있기 때문이다 집의 뿌리와 나무의 수관이 함께 얽혀 살고 있다 지구가 흔들려도 여자는 참고 사랑하고 다시 껴안으며 국경이 열리길 기다리고 있다

* 헥스표 #A9A9A9의 색깔, 중간 정도의 맑은 회색.

핫 핑크

음식물 수거통에 가지가 닿은 채 꽃이 피어나고 있다 두 개의 냄새 속에서 나는 사진을 찍는다 냄새와 향기는 서로 경계를 부수며 부딪히는 칼날 소리가 쟁쟁하다

누구에게 먼저 함락당할 것인지, 향의 성채를 무너뜨릴 것이지, 다른 빛깔의 사랑도 아랑곳없는 너처럼 두 개의 세계는 살아 있다 자유처럼 살아 있다

침범할 수 없는 왕국의 기품이 장미의 향기 속에 굳건하다 빛조차도 그 성벽 바깥에서 캐터펄트처럼 으르렁댈 뿐 무너뜨릴 수 없는 저 고혹하고 단호한 색깔의 나라

꽃잎이 에워싸고 있는 장미의 처녀지, 붉은 색깔이 녹아 동그란 강으로 회오리치듯 흐르고 있다 순결한 소음순의 안쪽 블랙과 크림슨*이 섞여 있는 왕국, 의구심이 색깔로 흐르고 있는 텅 비어 무서운 나라

사랑이 결국 함락당해 불타고 있는 도서관의 불꽃이듯 이젠 거울이 된 여자의 강을 따라 깊은 사랑이 흘러가고 있다

* 헥스표 #FF69B4의 색깔, 또렷한 핑크색.

** 헥스표 #DC143C의 색깔, 생생한 빨간색.

다크 바이올렛

꽃도 스스로에게서 벗어나기 어렵다 꽃이 잠과 생각 사이에 갇혀 마음을 놓치면 헤아릴 수 없는 연(蓮)이 풀려나와 밤하늘을 가득 채우게 된다 밤의 색깔이 보이지 않을 만큼 팽팽한 소리로 채워지게 된다

물소리도 꽃 곁에서 고요해지고 있다 어린 물방울들이 꼬르륵거린다 늘 배가 고픈 물방울, 물의 생각이 수평선에 닿아 물결 소리 가득한 바다가 되고 있다

다크 바이올렛의 잔상은 오래 남는다 연꽃에서 시선을 옮겨 다른 곳을 바라보아도 그 풍경 속엔 다크 바이올렛이 점처럼 박혀 있는 것을 느끼게 된다 작게 시작해서 점점 커지는 색, 섬세하고 경건한 추기경 예복처럼 스스로 고요해지는 위엄을 갖추고 있다

비도 추기경처럼 내릴 때가 있다 예복을 벗고 비가 고요히 내리고 있다 물이 연꽃을 피워 물고 스스로 출렁거리는 이유를 알 수 없을 때, 다크 바이올렛의 비를 부른다

* 헥스표 #8A2BE2의 색깔, 밝고 진중한 보라색.

58

미드나이트 블루

마지막 못질을 하러 하늘이 내려온 날, 미드나이트 블루
도 함께 내려왔다 밤의 관할에 속한 미드나이트 블루가 낮
에 내려온 장례식에서 망자와 망자를 기억하는 자들 모두
울지 않았다 망자는 비교적 가볍게 떠났다 길고 질기게 병
석을 지키면서도 하루도 빠지지 않고 십이 년 동안 끈질기
게 교구장과 신부들에게 편지를 썼다 한마디만 해달라고,
기도도 매일 같은 기도였다 짧은 대답이라도 해달라고, 망
자는 눈을 뜨고 죽었다 그 눈을 감겨주기 위해 미드나이
트 블루가 망자의 홀쭉한 집으로 내려왔다 낮인데도 갑자
기 어두워지며 색깔이 도드라져 황홀하게 그 색깔이 강림
하였다 오래전 마구간에 쏟아졌던 따스한 빛처럼 내려왔다
읽을 수 있는 눈은 하늘에 색깔로 써진 미드나이트 블루의
문자를 읽었다 무지렁이들은 암담하고 습관적인 몇 마디
말을 내뱉으며 상가의 분위기에 충실하였다

* 헥스표 #191970의 색깔, 한밤중 희미한 곳에서 바라본 검은 빛이
도는 청색.

레드

잉잉거리는 벌들의 노랗게 변하고 있는 적층
눈두덩이 찢긴 투견의 입에 덜렁거리는 회피반사
뜨거운 것에 쏠린 여자의 움찔거리는 눈동자
닿으면 모조리 오염시키는 녹물 같은 정치
어미를 다 파먹고 길을 떠나는 독사의 공복

방면放免이 스스로의 힘으로 세계를 봉헌하고 있다

색깔 속에서 쫓고 쫓기면서
어둠이 전혀 다른 푸가인 것을
색깔은 언제 깨달을 수 있을까

골드

그가 여덟 살에 그 도시로 이주하였고 열아홉 살에 첫 교향곡을 거기에서 작곡하였다 상트페테르부르크는 그를 음악적으로 선택하였고 그도 작곡으로 그 선택에 반응을 하였다 그는 습관적으로 스스로의 음악을 믿지 못하였다 그의 생애는 불우했고 성 이삭 성당 황금 돔으로부터 조금씩 밀려나게 되어 있었는데 눈치 채지 못한 채 눈을 감았다

명동 성당이 성 이삭 성당보다 더 춥다 상트페테르부르크의 가혹한 바람이 서울로 점층법처럼 밀려들고 있다 볼셰비키의 바람이 서울로 남하하고 있다 그 바람은 어떻게 오늘을 무너뜨리고 어두운 행진을 계속할 수 있을까 19세기로 회귀하고 있는 서울은 지독해지고 있다 인민들은 곰팡내가 나고 삭아버린 바람에 왜 열광을 하는 것일까

* 헥스표 #FFD700의 색깔, 황금색.

골드 2

늦대는 밤빛에 대고 짖고 있다 짐승의 울음을 타고 또 밤 하나가 어둠을 건너가고 있다 늦대는 울고 있다 달빛을 울음이 갉아 잿빛 털이 날린다

눈[1]이 털을 따라 내리고 있다 털과 눈보라는 무채색, 슬프지 않다 길게 이어지는 울음소리, 늦대가 울음으로 동토를 떼어 둘러매고 떠나가고 있다 그녀가 사라지고 난 뒤부터 나도 매일 시베리아로 밀려가고 있다 울음소리를 따라 시베리아 바람 속으로 밤새도록 밀려가고 있다

눈보라와 이어져 있는 짐승의 울음소리는 빛을 삭제시켜 밤을 반복하고 있다 극광에 닿아 하얗게 변하고 있는 울음소리, 짐승만이 사랑에 울 수 있도록 태어났다

잠은 언제부터 짐승들의 울음소리로 채워졌을까 소란한 잠을 덮어두고 벌판을 걷고 있다 잠깐 동안 눈이 쏟아져 벌판이 하얀 묏목이 되어 떠내려가기 시작한다 나는 따라갈 수도, 그녀에게 돌아갈 수도 없다

그녀가 다른 나를 데리고 떠나갔기에 나는 짐승의 소리가 적층된 시베리아 바람 속으로 유배를 당한 셈이다 바람

이 늙어 휘어진 쉿소리로 울리고 있는 시베리아, 바람이 우는 소리인지, 짐승이 하늘을 긁는 소리인지, 얼어붙은 음악은 하늘로 솟아 차가운 불로 일렁거리고 있다 동토의 다크 블루**에선 전혀 다른 불꽃이 고통 없이 눈보라 사이로 삐져나오고 있다

울음과 눈*은 만나 불꽃이 튀고 있다 늑대의 불이 내게 옮겨붙었다 짐승의 눈은 흰자위가 없다 타오르는 불로 자유로워지기 위해 골드의 눈알로 바꿔 달고 생의 끄트머리를 물고 울고 있다 짐승은 다크 블루 속에 달빛을 욱여넣으며 그 색깔로 사랑에서 빠져나오고 있다

* 헥스표 #FFD700의 색깔, 늑대 눈알의 색깔.
** 헥스표 #00008B의 색깔, 짙은 밤하늘의 블루.

인디언 레드

녹물이 섞여 나오고 있는 수도관, 식상에 시달리고 있는 눈동자, 언제까지 투석으로 이 도시는 유지가 될 수 있을까 껍데기 혁명은 언제쯤 드러날 것인가 인민이 녹물에 불과하다는 걸 깨달은 바람은 어디까지 불어 갈 것인가

토스트 위에서 녹고 있는 버터, 나를 녹였고 녹이고 있는 집, 아버지의 집, 그녀의 창, 나는 집을 떠났기에 점점 투명해져 레몬 시폰에 가까워졌다 그들은 탈색된 색깔은 기억하지 않는다 그들을 아꼈기에 나는 색깔을 삭제시킬 수밖에 없었다

잔이 하나뿐인 커피는 향이 질기다 토스트도 식으면 질겨진다 식은 버터는 거길 빨 때와 비슷한 맛이다 이젠 커피포트 소릴 듣기 위해 하던 사랑도 잦아들고 있다

쾌락이 되어버린 폭력이 괘종시계처럼 걸려 있는 집, 더이상 사랑에게 내어줄 의자가 없어 사랑을 버렸다 비밀번호를 바꾸었을 뿐인데 그들은 왜 문을 두드리지 않았을까 기웃거리지 않고 박쥐처럼 사라져 가버렸다

이미 나는 없다 집안에도 문밖에도 전철을 타고 몇 개의

역을 지나가도 나는 없다 그들이 허탕 치는 모습을 짐작하
면서도 시를 읽고 있다 식탁에 무관심한 브레히트의 시를
읽고 있다

* 헥스표 #CD5C5C의 색깔, 짙은 산호색.

로즈 핑크

마을 중앙역에 피어난 꽃이 나를 보고 있다 보이지 않게 고갤 돌리며 나를 보고 있다 꽃이 나를 주시하고 있다는 사실을 느낄 수 있다 뜨겁고 아름다운 꽃일수록 바깥에 관심이 많다

꽃은 색깔로 노골적으로 피어나고 있다 중앙역의 장미 정원은 사람이 들어갈 수 없도록 줄이 처져 있고 카메라로 변해가는 꽃을 가리기 위해 검은 비닐이 처져 있다 검은 비닐을 벗겨두는 날은 안개가 밀려오는 날이거나 얇은 모래바람이 불어와 장미가 카키 속으로 지는 날이다

꽃이 나를 보고 있다는 걸 나는 우연히 알게 되었다 안개 속이거나 모래바람 속에서 나를 꿰뚫어 보고 있는 꽃의 눈길을 느낄 수 있다 그들은 꽃이 사람을 바라볼 이유가 없다고 나를 비웃었다

장미는 정원에서 적절하게 구획을 나눠 피어나고 있다 절제된 규칙대로 피어나고 있기에 그들은 의심받지 않고 있다 정원사에 의해 성숙되고 조율되고 있다고 그들은 믿고 있다 나는 꽃의 눈길로 교정되고 있다

〈

장미는 붉은색 가방이다 가방은 빠져나오기 힘든 강박
이다

　　로즈핑크로 나는 점점 도시에 적응하고 있다

　　장미는 나에 대한 내용을 업무일지에 쓰고 있다

　* 헥스표 #F69FA8의 색깔, 부드러운 장미의 색깔.

화이트

경칩 지나 물은 많은 생각속에서 먼 그대를 향해 길을
떠나고 있다 해체된 냉기도 떠내려가고 있다 살얼음도 차
갑게 뿌리치는 물에게 안간힘을 쓰며 달라붙고 있다 막 깨
어난 살얼음은 몸이 비닐처럼 소리가 나고 얇다 춘궁기의
뼈를 송곳으로 찌르던 냉소도 머뭇거리다 떠밀려 흘러가고
있다 빛은 되살아난 물소리의 비늘을 한 장씩 뜯어내 찌르
고 있다 작별을 드러낸 물소리도 생살이 쓸리면서 흘러가
고 있다 남의 옷을 껴입은 정치 같은 저 바람은 턱턱 걸리
는 물길을 알면서 왜 따라나선 것일까 금방 내팽개쳐질 것
을 짐작하고 있는 여자처럼 눈까지 감고 왜 따라가고 있는
것일까

* 헥스표 #FFFFFF의 색깔, 하얀색.

다크 블루

카시오페이아좌는 어떤 역사도 닿을 수 없어 푸르고 가볍다 서울의 변두리에서 그 별자리를 바라보고 있는 간격보다 별들의 거리가 먼 성운도 있다 목련 꽃봉오리의 위치도 별자리를 닮았다 나무는 잠깐 머물 꽃자리를 겨울 내내 묵상하여 첫아이 이름을 짓듯 위치를 정하였다

우리가 가졌던 시간의 무게도, 우리 사이로 흐르는 바다 같은 아무르강도, 저 별에서 내려다보면 보이지 않는 작은 매듭에 불과할지도 모른다 아득함이 꽃자리의 간격으로 다가와 이어지는 것이 결국 사랑이라는 걸 아직도 깨닫지 못하고 있다 우린 아이를 갖지 못하였다 돋아난 별 속에 있는 와디가 잠깐 드러났다 다시 사라지고 있다 왜 모든 강이 나를 통과해 카시오페이아좌로 흘러가고 있다고 느껴질까

* 헥스표 #00008B의 색깔, 어둡고 짙은 밤하늘에 별빛이 돋기 시작할 때의 색깔.

3부

다크 레드

　모르는 주둥이가 내 뒤에 박혀 문을 뜯어내고 내장을 씹고 있다 뜨겁고 무섭다 통증 사이에 간간이 이상한 현기가 몰려오고 있다 힐끔 돌아보니 몇 개의 얼굴이 피와 변이 범벅이 된 채 서로 바라보며 킬킬대고 있다 엉덩이를 바짝 땅바닥에 붙이고 뭉그적뭉그적 기어나가고 있다 어지러운 여길 벗어나야 한다 몸을 가지고 집으로 돌아가야 한다 갑자기 목이 뜨겁다 칼로 찌르듯 송곳니가 박혔다 그 틈에 등에 올라타 등뼈를 깨물고 헤드뱅잉을 시작하는 저 바이스들, 빛의 단단하고 두꺼운 심줄을 느닷없이 끊고 어둠 속으로 자빠트리고 있는 저 자물쇠들, 눈알들, 다크 레드들

* 헥스표 #8B0000, 어둡고 불길한 빨강.

로열 블루 2

카프카처럼 생긴 해변에 누워 있었다 사구가 솟아 있어 먼 해명만 들렸다 갑자기 하늘이 어두워지며 말울음이 들렸고 곧 말갈기가 출렁거렸다 바람을 검게 물들이며 드러나는 헤아릴 수 없는 말갈기들 흑진주처럼 바로크처럼 검게 반짝이고 있었다 갈기가 저렇게 할퀴는데 견딜 수 있는 로열 블루가 있을까 말은 곁눈질을 하지 않는 짐승이다 그들은 모르는 풍경으로 나를 두고 지나갔다

다시 파도 소리가 한가해졌다 빛은 나른하게 썩은 화살처럼 날아다니다 픽픽 부러지듯 쓰러졌다 갑자기 하늘빛이 긴장하며 하이에나들이 사구로 솟아올랐다 피범벅이 된 주둥이를 혀로 핥으며 시간屍姦에 대한 농담으로 낄낄거리며 파도처럼 넘실거리며 해변으로 나왔다 그들이 어느 바다에서 비롯되었는지 분명하지 않다 수를 헤아릴 수 없다 하이에나는 나를 에워쌌다 도취된 정치처럼 그들은 머릴 흔들며 썩은 냄새를 풍기며 다가오고 있다 그들이 묻혀온 바다 냄새 속으로 나를 몰아넣고 있다 나도 따라 웃으며 크레모아 지뢰**의 고리에 손가락을 건다

* 헥스표 #4169E1, 맑은 청색.

** 적의 접근이 예상되는 지역에 주로 사용되는 수평 세열식 지뢰.

딥 핑크

고개를 돌려야 전경이 들어오는 연못, 처음과 끝을 알고 극진하게 피워낸 핑크의 꽃들, 물속 마음은 축축하지만 색깔로 맑게 부서지듯 깨어나고 있다

연못 사이로 만들어진 계단을 따라 내려간다 커브를 그리며 휘어지는 길, 모르고 걸어왔던 길도 축축하고 휘어져 있었다 바닥엔 하얀 자갈이 깔려 있다 얼마나 많은 흰 코끼리가 대신 몸 바쳤을까 나는 날지 못해 코끼리의 살점을 밟는다 자그락거리는 살의 소리, 비로소 느껴지는 일인칭

길에 베여 있는 향이 나를 흔든다 나는 아직 잠 속이다 핑크에 취한 잠 속이다 색깔이든 물빛이든 무명의 불꽃이든 취한 채 건너갈 수 없다

휘어진 길을 더 걸어가면 물속처럼 아득해지며 작은 등燈이 나를 굽어보고 있다 지나온 바닥에도 늘 깔려 있었지만 보지 못했던 따뜻한 그 눈동자처럼

나는 발을 멈춘다 멀리 창살문이 보인다 법당의 은은하고 공손한 빛을 받들며 나는 멈춰 선다 반가사유의 모습일지 와불臥佛로 계실지 눈 감고 그려본다 극존을 가까이 느

76

끼면서 더 나아갈 수 없다 이번 생은 여기까지도 족하다

* 헥스표 #FF1493, 밝고 화려한 분홍색.
** 이 시는 안도 다다오의 '물의 절'이라는 건축에서 도움받음.

골든 로드

인식표가 날아간 표본, 손이 뒤로 묶여 있는 표본, 모자
란 채 바디 백에 담겨 있는 표본, 탄피처럼 거리 곳곳에 흩
어져버린 표본, 알 수 없는 오늘을 드러내듯 흩어져버린 표
본, 이유가 사라진 폭음爆音의 소리를 닮아 있는 표본, 시작
도 끝도 모르기에 더 잔혹해지는 폭음들, 증거들, 먼지의
주소들, 탄피들

거부하고 도망쳤지만 더러운 손아귀에 잡혀 표본으로
끌려가기도 하고 몸통 반을 떼어주고 표본에서 벗어나기
도 한다 딱딱한 관에 담기는 예의를 거부하고 꾸덕꾸덕 말
라가고 있는 표본, 한가로운 바람과 부서지는 햇빛에 기대
쉬고 있는 표본, 어떤 언어도 표본의 영역에 다가갈 수 없
다

하늘빛과 무관한 표본이 바람을 굴리고 있다 바디 백은
어깨를 조여 아늑하다며 혼잣말을 하고 있는 표본, 포획
자도 몇 초 뒤 먹이가 되고 마는 표본의 거리, 저들은 알고
있었을까 골든 로드의 탄피처럼 검은 비닐봉지처럼 거리에
굴러다니게 될 것을 알고 있었을까

표본의 질량이 점점 가벼워지고 있다 한없이 느려지는

빛들, 표본을 땅바닥에 그리던 손가락이 심심해서 도시를
그리고 있다 순식간에 폭삭 내려앉는 도시를 그리고 있다
나른해지는 저 표백된 빛들, 정해진 재현임을 표본들이 미
리 알았다면

* 헥스표 #DAA520, 국화꽃으로 첫 빛이 얹힐 때의 색깔.

페루

철조망인지 몰랐다 영토에 달라붙어 있는 신경질인 줄 알았다 지쳐 잠깐 기댔을 뿐인데 점점 몸속으로 파고들었다 선회하기엔 늦었다 상처에 생살이 돋아났다 다시 바람이 불어와 철조망이 바람 소릴 내며 생살마저 긁고 있다 다시 핏물이 흐른다 나는 저항하는 만큼 뒤틀린 채 살아가게 만들어져 있다 자유는 늘 바로크**처럼 생겼다

* 헥스표 # CD853F, 연한 갈색.
** '일그러진 진주'라는 뜻으로 포르투갈어에서 유래. 르네상스가 지난 16세기 말부터 17세기까지의 건축 미술 등의 예술 전반의 특징을 가리키는 말. 눈에 거슬리고 받아들이기 어렵다는 의미로 사용.

카키

모차르트는 아직 사막에 살고 있다 그는 밤의 딱딱하고 네모진 얼굴을 버리고 텅 빈 빛의 광장과 가벼운 밀도의 그늘을 도르르 말아 손에 쥐고 놀고 있다 그는 사구의 간극에 살고 있는 바람과 함께 데굴데굴 구르며 사막여우로 살고 있다 나른하게 벽에 차오르는 어둠을 펼쳐야 하는 달밤에도 달빛의 계단에서 구르기를 반복하고 즐기고 있다 싫증이 나면 그는 사하라에서 지중해로 건너간다 지중해가 좁은 바다가 아니라서 그의 음악을 찾아내기는 어렵다 튀니지 근처 해안에서 웃음소리가 낙타를 타고 달리다 떨어졌다는 소문이 있어 거기로 가고 있다 슬픔을 어떻게 트램펄린에 튕겨 하늘 너머로 사라지게 했는지, 어느 순간 밤을 제압하는 레퀴엠을 찾아냈는지 알고 싶어 그를 찾아가는 건 아니다

* 헥스표 # FOE68C, 흙과 비슷한 갈색. 흙과 먼지를 가리키는 페르시아어에서 비롯됨.

스틸 블루

나는 이제 침전沈澱으로 비밀을 지키고 있다 스틸 블루의 하늘을 바라보고 있다 나를 흔들어 가벼운 시선이 모두 사라질 때까지 나는 하늘을 바라보고 있다 빛을 보면서 가벼워지고 맑아지는 만큼 내 속통은 탁해지고 흐려져 침전물이 생긴다 숨겨달라고 찾아오는 자잘한 느낌들, 기억들 난 그것들을 침전시켜 하늘 바닥 같은 색깔 속에 감춘다

기억들이 다시 돌려달라고 들쑤시기 때문에 돌려주기 위해 잠깐 나를 마비시켜야 한다 짤캉거리는 침전물과 뒤섞인 기억들, 어떤 것이 맞는지 혼란스럽다 요즘 기억은 구름에 관한 것이 대부분이다 저 텅 빈 눈알들, 뿌옇게 드러났다 바로 사라지는 무명의 피안彼岸들

북한산에서 청설모의 식사를 엿본 적 있다 어떤 순례자가 벤치에 호두 몇 알을 그를 위해 바쳤다 그는 먹이와 경계警戒의 수평선에 한 발로 서서 한참을 궁리를 하였다 관찰하는 내 눈치를 보면서 부산하게 나무를 타고 꼭대기로 오르기도 하고 숲을 이리저리 뛰어다니기도 했다 끝내 벤치에 놓인 호두를 다 먹어치우고 종적이 황홀해졌다

* 헥스표 #4682B4, 단단한 블루의 색깔.

다크 레드 2

악장과 악장 사이에 기침 소리가 녹음된 토스카니니의 음반을 갖고 있다 칠십 년이 된 기침 소리, 벅찬 음악이 끝나면 안도와 목마름에서 터져 나오는 기침 소리, 얼마나 착한 기침인가 요즘 음악회를 가도 똑같은 기침 소리, 그 소리를 들으면 인간이란 시간 속으로 흘러가는 것이 아니라 음악처럼 순간에 고여 있다 갑자기 사라지는 존재인 걸 깨닫게 된다

어제와 오늘의 다른 질량의 빛이 같은 터치로 얹히고 있다 네게 쏟아지는 빛과 나에게 고여 있는 빛의 밀도가 다르게 느껴질 뿐이다 시간은 탄력과 호흡이 같지 않다 질량에 따라 휘어지는 빛을 따라 끊기고 이어지는 기침 소리, 흩날리는 봄비도 밤에 대한 안타까운 기침이 아니면 무엇이라고 부를 수 있을까 지금 잎 떨구고 있는 자목련도 다크 레드에 대한 기침이 아니면 무엇으로 저 아득함을 해석할 수 있을까

* 헥스표 #8B0000, 자주색에 가깝고 채도가 깊다.

83

딤 그레이

1.

　사라진 법당의 기억 속으로 빛이 쏟아졌다 케이크를 자르면 그 단면을 볼 수 있듯 빛이 법당을 자르듯 쏟아졌다 빗줄기도 법당 속으로 휘어져 들어왔고 눈보라도 쏟아졌다 보살들은 슬금슬금 일어나 나가기 시작했다 빛이 쏟아진들 습(襲)까지 끝낸 분황사에게 무슨 의미가 있을까 흰 꽃이 얼굴에 떨어져 뿌리가 생겨 다시 꽃을 피워도 세존은 잠 속에 빠져 있다 연등으로, 모르는 꽃으로 온통 울긋불긋한 사월이 잠깐 눈을 떴다 다시 감는다 법당 건너 모전석탑(塔)은 빗물을 바라보고 있다 새로 돋아난 솔잎이 날카로운 색깔을 모아 물구덩이를 찌르고 있다 컴컴한 잠을 찌르고 있다 오래된 잠은 모질고 두껍다

2.

　CCTV는 요사채를 비추고 있다 재로 사라진 집을 비추고 있다 녹화된 화면 속의 집은 멈춘 듯 고요하다 요사채가 사라지기 전 잠깐 문이 열렸다 안쪽의 시선이 문밖을 누르고 있다 활활 타올라 경계를 범람하던 바깥을 지그시 누르고 있다 문이 닫히고 6분 뒤 그 눈에서 불이 타올랐다

* 헥스표 #696969의 색깔, 회색.

** 돌을 벽돌 모양으로 다듬어 쌓은 석탑, 경주 분황사지의 모전석
탑이 유명함.

앨리스 블루

두보는 마흔여섯에 '춘망*'을 썼다 그즈음 나에겐 벽이 허물어지고 말았다 다른 바다가 되고 만 벽, 그 바다에서 일어나는 물결이나 파도 그리고 해류를 관찰하느라 나는 나를 보지 못하고 지나치고 말았다 두보는 그때 전쟁으로 흩어진 가족 생각에 머리카락이 너무 빠져 동곳***을 꽂을 수 없었다 어느 새벽 나도 잠에 겨워 헤어드라이어를 머리 뒤쪽에 바짝 대고 말았다 머리카락이 타버렸다 몇 달째 거의 자라지 않아 움푹 파인 채 그대로 있다 그 부분을 발견한 사람들의 놀란 눈, 들뜬 혁명이 지나간 자국처럼, 또렷하게 파인 자국 그대로 여길 뜰 것 같다 염을 마치고 반듯이 누워 있으면 보이지 않을 것 같아 별 상관은 없을 것 같다

---

* 헥스표 #F0F8FF의 색깔, 투명한 블루.

** 춘망
   나라는 망했어도 산하는 그대로고
   도성에 봄이 오니 초목이 무성하네
   시국을 슬퍼하니 꽃을 봐도 눈물이 나고
   한 맺힌 이별에 새소리에도 마음이 놀랜다
   봉화불은 석 달이나 계속 되고
   집에서 온 편지는 만금에 해당한다
   흰 머리는 긁을수록 더욱 짧아져
   다 쓸어 모아도 비녀를 버티지 못하네

*** 상투가 풀리지 않게 꽂는 물건.

다크 블루 2

접이식 6단짜리 사다리를 하나 샀다 그 사다리는 나를 어디까지 데려다줄 수 있을까 일렁거리던 빛이 모두 잠에 빠지고 달빛을 온몸에 끼얹은 사다리는 혼자 펼쳐져 담쟁이처럼 밤을 디디고 올라가고 있다 고요한 밤의 바다를 건너가고 있는 저 은빛 순례자, 저 순례자는 밤빛을 지나 계속 밤 속으로 올라가면 캄캄한 하안거를 지나 빛의 극광대를 건너 어디까지 흘러갈 것인가

바다도 보이지 않는 사다리를 가지고 있다 색깔에서 풀려나기 위해 바다도 하늘 같은 바닥으로 가라앉고 있다 다크 블루는 수직적 거미줄에 갇혀 청색에 들러붙어 있는 나를 핀셋으로 꺼내 바다에 버렸고 수평선이 나를 건져 그 품에 품어주었다 생각을 말리고 습濕을 말리고 오래된 내 노을의 등창도 깨끗하게 말려주었다 다크 블루는 아직도 혼자 가라앉고 있다

* 헥스표 #00008B의 색깔, 깜찍한 블루.

스테이트 그레이

　장맛비가 들이쳐 집에 진물이 흐르기 시작하고, 남자는 집으로 돌아오지 않고, 빗발에 스파크를 일으키며 전기는 들락날락하고, 빗줄기는 망치가 되어 죄 없는 문을 툭툭 치고, 대야 속에서 유리컵은 서로 부딪혀 리듬을 깨고, 아이는 어두운 빗소리에 질려 울지도 못하고, 음습한 집의 뼈만 골라 해머처럼 장마가 끊어치고, 정강이뼈가 부서진 창문은 입만 딱딱 벌리고 있고, 쇄골이 부러진 지붕이 들썩거리고, 남자는 전화 속에서 횡설수설이고, 바다는 동네 가까이 몰려와 해명을 뿜어대고, 엎힌 채 뒤로 넘어가고 있는 아이의 얼굴을 천장의 젖은 시궁쥐는 노려보고, 스테이트 그레이 바다는 언제든 오늘을 엎을 것이라고 으르렁대고

* 헥스표 #708090의 색깔, 회색이 깔려 있는 파랑색.

다크 오렌지

바람이 들락날락하시는 어머니는 아직도 아버지 밥을 퍼서 모셔둔다 아버지 배가 항구로 돌아오든 못 오든 나는 상관없다 그가 아직도 바닷속에서 억하심정으로 표창을 날리고 있는 걸 저 불가사리를 보면 알 수 있으니까 선착장은 물기가 많아 밤의 그림자도 늘 질퍽거렸다 집을 자주 지워버리는 아버지 때문에 나는 어머니에게 그냥 맞았다 그 상처를 만져주고 싶어 그때로 돌아가고 싶지만 굴뚝마다 이래저래 울부짖던 소리가 새어 나오는 자욱한 그 거리로 들어갈 수 없다 좁은 수채 같던 그 골목, 아버지는 없고 다크 오렌지만 끓어 넘치던 그 거리

* 헥스표 #FF8C00의 색깔, 어두운 주황색.

크림슨

하늘이 새로 칠한 화이트 스모키**에 자목련이 추락하는 고양이의 포즈로 걸쳐져 있다 색깔로 색깔을 누르니 서로의 생각들이 닿은 경계에 셀 수 없는 단어들이 생겨나 새로운 문장文章이 기포처럼 뽀글거리고 있다 어긋나기만 하는 커플의 시선 같다 화이트 스모키와 크림슨, 셔터를 누르니 색깔이 서로 번진다 카메라의 색깔에 대한 안목이 습관적이고 편협하다 사랑처럼 보색에 끌리고 있다

중력에 휘어지는 빛을 깨닫는 순간 색깔은 백회부터 열리게 된다

비와 안개의 영역에 들어선 하늘빛에 하늘의 생각이 떠다니기도 하고 빗방울에 블루의 가루가 달라붙어 가라앉기도 한다 하늘빛으로 무거워지는 하늘은 여러 색채로 가계도가 그려지는 사실을 왜 감추고 싶은 것일까

자목련은 화이트 스모키를 바라보며 천진난만한 표정으로 웃고 있다 부채를 펴는 소리로 웃고 있다 눈엔 가득 의문을 담고

* 헥스표 #DC143C의 색깔, 생생한 빨간색.

** 헥스표 #F5F5F5의 색깔, 새벽의 뿌연 하늘빛.

카데트 블루

영혼은 가끔 친구를 벗어두고 여행을 떠난다 풍경과 길이 눈에 낯설어 편지는 쓰진 않는다 가끔 여행 중에 찍은 사진을 친구에게 보내기도 한다 꿈에서 이어지지 않는 장면이 펼쳐지다 사라지는 이유다 영혼은 모든 풍경을 사진으로 찍고 있다 꿈속에 팔랑거리는 편지가 손에 닿을 듯 말 듯 사라지는 영역도 영혼의 사진에 속한다고 볼 수 있다 메뚜기 떼가 가자지구를 물고 사라지는 환도 영혼이 보내는 사진일 수 있다

영혼은 여행을 떠나면 누구의 영혼인지 아득해질 때가 있다 누구랑 이야기를 하는지, 어떤 날씨인지, 어디에 서 있는지, 역광 속에서 그 풍경을 보며 왜 그렇게 깊은 상티망** 에 사로잡혔는지, 낮달이 두 개로 보일 때까지 왜 기다렸는지, 어떤 나무 그림자에 왜 그리 집착을 했는지, 혼잣말을 하듯 스스로에게 묻다 갑자기 질문을 멈추고 영혼은 가만히 있을 때가 있다

혼자 골똘해지는 건 기억의 골짜기에 빠져버린 까닭이다 기억의 색깔과 밀도가 스스로에게도 나눌 수 없는 깊이임을 알아차리고 영혼은 입을 닫은 것이다 질량이 높은 지역을 지나올 때 빛과 함께 휘어졌을 때를 떠올리며 누구의 영

혼인지는 밝혀내는 일은 중요하지 않다고 늘 스스로를 달래고 있다

어떤 몸을 걸치더라도 고만고만한 사이즈였음을 영혼은 알고 있다

* 헥스표 #5F9EA0, 회색을 띤 청색.

** 미학상의 용어. 예술 체험에 수반되는 감정으로, 작품의 내용, 형식 또는 대상, 인격 등이 받아들이는 자의 내부에서 환기되는 갖가지 상태를 말함.

다크 그린

어둠의 송곳니가 목에 박혀버린 빛이 몸부림치며 하늘
바닥을 온몸으로 밀고 가고 있다 빛의 캐터필러 자국이 하
늘에 새로 생기고 있다 간당거리던 빛이 바다에 빠졌다 수
압을 견디며 스크루가 되어 지나가고 있다 바다 그 뜨거운
밑의 사정을 아는 끈끈한 해류가 찾아와 쿨럭거리고 있다
빛이 고통으로 몸부림을 치는 동안 색깔을 삭제당한 상강
은 말수가 줄고 무거워졌다

빛의 그물을 찢고 기뢰를 피해 무거운 바다와 흔한 하
늘에서 탈출한 고래 한 마리, 밤빛을 보내고 참았던 숨을
들이마신다 새벽을 깊이 받아들이고 다시 뱉어내고 있다
총성과 폭발음을 빨아들이고 다시 도시를 살려내고 있다
시대를 오롯이 품었다가 뱉고 싶지만 호흡이 가늘어져 숨
을 멈추고 기다리고 있다

가을의 경도가 가팔라졌지만 피폭 중인 가자지구^{**}보다
가파를까 바다를 지나와 뿜어대는 호흡은 울긋불긋하다
남쪽으로 가라고 뉴스만 흘러나오고 있다 남쪽 다음은 어
디로 가야 하는 것일까 색을 모조리 빨아들이고 먼 색깔까
지 모조리 훑고 있는 가을이 피난의 이유이다 폭음^{爆音}은 알
수 없는 내일조차 날려버리고 있다 단말마가 풍경과 호흡

을 모조리 빨아들이고 있다

　고래가 바다를 잃었다 기뢰가 터지고 있는 바다에서 빠
져나오지 못한 고래 한 마리, 이유 없이 내일도 없이 이리
저리 몰려다니는 밤빛과 포격에 납작해진 바다의 고래 한
마리 가자지구는 바닷물을 모두 마시고 고래가 되어 떠돌
고 있다

　* 헥스표 #006400, 짙은 초록색.

　** 팔레스타인 남서쪽 연안의 도시, 인구 이백이십만, 1994년부터 팔
레스타인의 자치구가 됨.

고스트 화이트

그 일을 수행하기 위해 보름 전부터 음식을 줄여야 한다 눈빛을 벼릴 수 있도록 아주 미량의 음식만 목으로 넘겨야 한다 지루한 책을 골라 하루 세 시간만 자고 읽어야 한다 매일 피어나는 곰팡이를 바라보며 하늘에 빗금을 긋는 무기수처럼 외젠 이오네스코나 가즈오 이시구로를 읽어야 한다 장마 지나간 수챗구멍처럼 마음이 깨끗해지면 치명적인 독을 지니고도 조심스러운 그 뱀처럼 자취를 지우며 먼 길을 돌아가야 한다 독처럼 정신이 깨어나면 얼굴에서 입과 눈을 지워야 한다 가래떡을 살 때도 떡집 여자와 눈을 마주쳐선 안 된다 그리고 이틀 정도 아예 잠의 빗장을 단단히 걸어야 한다 모든 신경이 면도날처럼 팽팽해지면 새벽 하늘의 고스트 화이트를 찾아내 그 색깔로 마지막 칼날을 갈아야 한다

* 헥스표 #F8F8FF의 색깔, 질린 듯 몽롱한 흰색.

라이트 그레이

냄비에 삶은 감자를 넣고 찧는다 둥근 것이 으깨질 때 미묘하다 감자가 눈을 뜰 수 없을 정도로 곤죽이 된 얼굴로 보인다 뉴스의 무수한 으깨진 얼굴들이 감자에 겹쳐 드러날 때가 있다 뭉개고 싶은 걸 버티고 있다 얼굴이 뭉개지도록 맞은 적 있다 내가 으깨어지고 그 뒤 어떻게 끝이 났는지, 기억에 없다 그 기억이 상상인지 실제로 있었던 일인지도 알 수 없게 시간이 흘렀다 색깔에 무릎을 꿇기 싫어 끝까지 저항하였지만 감자처럼 뭉개지고 말았던 시대가 재현되고 있다

라이트 그레이의 가루들이 날린다 매운 냄새들, 탄피가 흩어져 있다 길바닥에 내팽개쳐진 바디들, 개는 떠나지 못하고 있다 바디 백 주위를 며칠째 돌고 있다 구멍이 숭숭 나버린 지구 주위를 살아남은 개가 계속 돌고 있다

* 헥스표 #D3D3D3, 밝은 회색.

아즈레

빨래가 얼어붙어 펴는데 사람의 관절 펴지는 소릴 낸다 늙은 옷이 스스로 사람인 줄 알고 있다 나도 곁에 머물 수 있다면 바다 밑바닥에 고인 물이 되겠다고 했다 잠을 쪼아대는 저 부리만 창에서 지워준다면 어둠인 채 기어다닐 것이라고 했다

이젠 싫증이 난 하늘이 이리저리 눈보라를 마구 쏟고 있다 들판의 옆구리에 아즈레를 마구 퍼 넣고 있다 굴러다니던 먹구름이 들판의 숨구멍을 막아놓고 눈바람을 쏟아붓고 있다 곁에 둘 수 없다고 길길이 뛰고 구르다 제 분에 쓰러져 부들부들 떨고 있는 눈보라, 눈은 고요하고 단호하다 제 몸의 날렵한 선마저 다시 덮고 있는 저 눈보라 여자답다

* 헥스표 #F0FFFF의 색깔, 투명에 가까운 블루.

레드에서 스틸 블루까지

나를 동그랗게 말고 바닷가에 누워 있다 파도 소리는
서툰 연주에 갇힌 음악처럼 이어지고 있다 슬픔이 물결처
럼 흘러와 머리카락에 닿았다 오늘은 색깔에서 벗어날 수
있는 마지막 날이기도 하고 타오르는 불 속으로 건너갈
수 있는 첫날이기도 하다 곧 지워질 파문을 일으키며 새가
날아올라 탁 트인 블루에 큰 원을 그리며 나를 조감하고
있다 파문과 원환圓環이 서로 부딪혀 자라난 스틸 블루가
바다를 기르고 있다 나는 어두워지는 바다가 두렵지 않다
스틸 블루는 바다가 얼마나 깊고 어두운지 모르지만 오늘
을 새끼처럼 모두 품고 수평선을 건너가고 있다 바다는 도
시처럼 헐거운 혁명을 하진 않는다 레드에서 스틸 블루까
지 길이 아직 멀다

* 헥스표 #4682B4, 단단한 블루의 색깔.

색채의 향연, 혹은 색채의 상티망sentiment
– 임지훈 시집, 『레몬 시폰』의 시세계

황치복(문학평론가)

1. 언어로 그린 색채 추상화

임지훈 시인은 그동안 첫 시집 『미수금에 대한 반가사유』를 비롯하여 『빛과 어둠의 정치』, 『예멘』이라는 두 권의 사진 시집을 출간한 바 있다. 시인의 약력에서 알 수 있듯이 시인은 해외플랜트 공사 관련 업무로 중동 및 아프리카, 그리고 동남아와 유럽 등 50여 개의 나라를 방문한 경험을 바탕으로 다양한 세계의 풍물과 인물을 사진에 담아 사진시집을 출간하고 있다. 첫 시집인 『미수금에 대한 반가사유』에서도 시인은 세계 각국의 인민들이 처한 삶의 곤경과 고통에 주목하면서 그것에 대한 공감과 연민의 서정을 노래하고 있는데, 전 지구적 차원으로 확대된 시인의 관심과 시각이 주목하게 한다.

이번 시집은 사진시집을 빼면 두 번째 시집인데, 첫 번째 시집과 확연히 달라진 새로운 면모를 선보이고 있다. 이번 시집은 범박하게 말해서 색채를 주제로 한 언어로 써진 추상화라고 할 수 있을 터인데, 거의 모든 시에 색채가 등장하면서 그것이 중심적이든 주변적이든 시상의 전개와 시적 메시지를 형성하는 데 관여하고 있다. 시인은 앞서 사진시집을 두 권 출간한 바 있는데, 사진을 찍으면서 느끼게 된 빛에 대한 변화와 거기에서 야기되는 미묘한 정동의 흐름에 주목하게 되었고, 그러한 빛의 양태와 그 효과에 대한 주목이 색채에 대한 관심을 환기했을 것이라고 추측해 볼 수 있다.

어떤 과정에서 이루어졌든지 이번 시집은 색채의 향연, 혹은 색채로 바라본 세계의 상이라고 할 수 있으며, 색채가 야기하는 상티망에 대한 예술적 형상화라고 할 수 있다. 잘 알려져 있듯이 미학적 용어인 상티망sentiment은 예술 체험에 수반되는 감정으로, 작품의 내용, 형식 또는 대상, 인격 등이 받아들이는 자의 내부에서 환기하는 갖가지 상태를 말한다. 일반적으로 미적 감정美的 感情으로 번역할 수 있는 이 용어는 미의식의 중요한 한 요소로서 미적 가치체험의 구조를 이루는 중요한 한 계기인데, 미적 대상을 접하면서 자아의 내면에서 일어나게 되는 마음의 운동을 지칭한다. 색채라는 대상이 야기하는 마음의 운동을 묘사하는 것이 이번 시집의 큰 줄기라고 할 수 있다.

색채란 무엇인가? 고대 아리스토텔레스로 거슬러 올라가는 색채의 이론은 매우 복잡하고 정교해서 한마디로 정의하기 어렵지만, 물체가 빛을 받을 때 빛의 파장에 따라 그 거죽에 나타나는 특유한 빛으로서, 색채의 물리적 성격을 강조할 경우 빛의 스펙트럼 현상에 의해 구별되어 인지되는 광학적 물리현상이라 할 수 있으며, 그것의 감각적이고 심리적인 작용을 중시할 경우 색채란 주체의 감수성에 따라 포착할 수 있는 현상학적 인식 영역이라고 할 수 있다. 이러한 이론을 대표하는 이론가가 영국의 뉴턴과 독일의 괴테라고 할 수 있는데, 뉴턴에 의하면 색채란 빛의 다른 파장에 의해 만들어지는 물리적 현상인 반면, 괴테에게 색채란 빛과 어둠의 혼합으로 생성되는 것으로서 인간의 눈에 들어온 감각현상으로 이해될 수 있다.

오늘날 색채는 단순한 물리적 생물학적 화학적 현상이라기보다는 심리적이고 정신적인 특질과 밀접히 연관되어 있다고 이해되고 있다. 이러한 경향은 뉴턴보다는 괴테의 색채 이론을 수용한 결과라고 할 수 있는데, 괴테는 이미 인간이 색을 어떻게 느끼며, 색을 통해 어떤 이미지를 환기하며, 어떤 정신적 작용을 일으키는지를 연구했던 것이다. 그는 『색채론』에서 "경험이 가르쳐주는 바에 따르면, 각각의 색채는 각각 독특한 기분으로 마음에 전해진다"고 주장하기도 하고, "인간은 일반적으로 색채에 대해서 크게 기쁨을 느낀다 (…) 색깔 있는 보석에 병을 치료하는 힘이 있다는 말은 깊이 위로하는 작용을 나타낸 것인지도 모르겠다"라고 하면서 색채가 인간의 정서적 활동에 영향을 미치며 정신적, 육체적 질병의 치료에서도 효과를 발휘할 수 있음을 시사하고 있다.

임지훈의 이번 시집은 헥스표로 구별되는 다양한 색채가 등장하고 있으며, 그 색채가 환기하는 다양한 정서적 파동뿐만 아니라 판타지, 기억, 서사, 심리적 변화, 그리고 회화의 이미지 같은 다양한 심리적 활동의 상티망이 그려지고 있다. 색채의 향연이라고 할 수 있는 이번 시집은 색채를 주제로 언어로 그려낸 추상화라고 할 수 있으며, 그 추상화에는 다양한 이미지와 서사, 그리고 정동의 흐름이 녹아있는 셈이다. 먼저 색채가 환기하는 이미지의 양상부터 살펴보자.

빛에서 떨어져 나온 꽃이 사월에게 늦은 인사를 하는 영가의 어깨를 따뜻하게 감싸주고 있다 벚꽃과 백련 그리고 하얀 연꽃은 밤을 지배하는 꽃이다 먼 길 돌아 사월에 피어난 빛의 음성이 꽃으로 몸을 갈아입은 것이다

초록과 연두의 순결한 숨결은 이쪽을 기웃거리고 있는

영가에게 이젠 쓱쓱 지우고 돌아가라고 흔들어주는 손이다
영가들이 남藍빛처럼 허술하게 비어 있는 변방으로 떠날
때 배웅하는 초록 손이다

　기쁨이 슬픔에게 슬픔이 다시 음악에게 맺히고 풀어질
때, 옆에서 악기의 머리를 땋아주는 연두의 손이다

―「사월」 전문

　흰색과 초록색, 그리고 연두색과 남색 등의 다양한 색
채들이 등장하며, 그것들이 생성하는 이미지들이 신비롭고
환상적인 시적 공간을 생성하고 있다. 중심적인 시적 구도
를 보면 "벚꽃과 백련, 그리고 하얀 연꽃" 등의 흰색의 꽃
들이란 실은 "빛에서 떨어져 나온 꽃", 혹은 "사월에 피어
난 빛의 음성"이라는 것, 즉 빛이 "꽃으로 몸을 갈아입은
것"이라는 점에서 색채를 발산하는 꽃이란 실은 빛의 화신
인 셈이다. 빛의 환생이 색채를 지닌 꽃이라는 생각은 '영
가'라는 신비한 개념을 불러온다. 영가란 영혼의 다른 말
로서 이승에서 삶을 마치고 떠난 영혼이 다음 생의 생명을
받기 이전까지 중음천中陰天에 머물고 있는 상태의 영혼을
지칭하는 것이다.

　시적 맥락에서 벚꽃과 백련, 그리고 하얀 연꽃 등의 사
월의 꽃들은 이승과 저승의 경계에 위치한 중음천에 머물

러 있는 영가의 "어깨를 따뜻하게 감싸주고 있"는 것으로 묘사되고 있다. 그러니까 이들 꽃의 이미지 속에 담겨 있는 흰색이란 색채는 죽은 혼령을 위로하고 새로운 가능성을 만들어내고 있는 색이라고 할 수 있다. 실제로 우리가 살고 있는 현실 세계는 다양한 빛깔로 이루어져 있는데, 세상의 모든 빛을 한데 모으면 하양이 된다. 그러니까 흰색은 죽은 사람을 덮는 흰 천으로서의 수의라든가, 겨울에 온 대지를 덮는 하얀 눈처럼 모든 것을 무화하고 새로운 가능성을 마련하는 색이기도 한 것인데, 이러한 흰색의 특징이 이 시에서는 영가를 끌어안는 이미지로 형성되고 있는 셈이다.

한편 초록과 연두는 흰색이 마련한 그러한 공백 상태를 깨뜨리고 새로운 생명과 생성을 발산하는 이미지로 그려진다. "이쪽을 기웃거리고 있는 영가에게 이젠 쓱쓱 지우고 돌아가라고 흔들어주는 손"이라든가 "영가들이 남藍빛처럼 허술하게 비어 있는 변방으로 떠날 때 배웅하는 초록 손", 그리고 "악기의 머리를 땋아주는 연두의 손"이라는 은유적 표현들이 공백 상태를 마무리하고 새로운 변화와 가능성을 타진하는 메시지를 시사하고 있다. 색채 이론가인 막스 뤼셔Max Luscher(1923~2017)는 녹색에 대해서 "노랑의 자극적인 움직임과 파랑의 정적인 느낌이 동시에 살아있으면서 계속 유지된다"고 지적한 바 있는데, 이러한 묘사는 녹색이 지닌 긴장과 집중의 생명력을 함축하고 있다.

그러니까 이 시는 흰색이 지닌 죽음과 무화, 그리고 신비로운 가능성의 심리적 효과라든가 녹색과 연두색이 지닌 발산하는 생명력의 이미지를 절묘하게 형상화하고 있다고 할 수 있는데, 더욱 주목되는 색채는 미묘한 흰색이라 할 수 있다. 시인도 흰색에 대한 시편들을 다수 남기고 있는데, 「플로럴 화이트」에서는 "벚꽃 가지 사이에 고여 보이지 않게 출렁거리는 하얀 바다를 노란색 배가 지나가고 있다 플로럴 화이트의 바다를 검정 줄무늬 배가 지나가고 있다 잉잉거리며 신수神水의 바다를 지나가고 있다"라고 하면서 흰색을 벚꽃 가지 사이에서 "출렁거리는 하얀 바다", 혹은 "신수神水의 바다"라는 이미지로 비유하면서 가능성과 잠재성을 품고 있는 그것의 신비롭고 영험한 색채 이미지를 강조하고 있다.

또한 「화이트」라는 시편에서는 "경칩 지나 물은 많은 생각속에서 먼 그대를 향해 길을 떠나고 있다 해체된 냉기도 떠내려가고 있다 (…) 빛은 되살아난 물소리의 비늘을 한 장씩 뜯어내 찌르고 있다 작별을 드러낸 물소리도 생살이 쓸리면서 흘러가고 있다"라고 묘사하면서 절편으로 분열되면서 확산하는 이미지를 통해서 새로운 가능성을 향해 나아가는 흰색의 이미지를 형상화하고 있다. 「고스트 화이트」에서는 "매일 피어나는 곰팡이를 바라보며 하늘에 빗금을 긋는 무기수처럼 외젠 이오네스코나 가즈오 이시구로를 읽어야 한다 (…) 모든 신경이 면도날처럼 팽팽해지면 새벽 하늘의 고스트 화이트를 찾아내 그 색깔로 마지막 칼날을 갈아야 한다"라고 하면서 흰색이 내포하는 해석되지 않는 부조리한 상황이라든가 가까이 접근할 수 없고, 설명할 수 없는 결벽증과 같은 강박적 심리 상태를 암시하고 있기도 하다. 파랑은 어떨까?

접이식 6단짜리 사다리를 하나 샀다 그 사다리는 나를 어디까지 데려다줄 수 있을까 일렁거리던 빛이 모두 잠에 빠지고 달빛을 온몸에 끼얹은 사다리는 혼자 펼쳐져 담쟁이처럼 밤을 디디고 올라가고 있다 고요한 밤의 바다를 건너가고 있는 저 은빛 순례자, 저 순례자는 밤빛을 지나 계속 밤 속으로 올라가면 캄캄한 하얀거를 지나 빛의 극광대를 건너 어디까지 흘러갈 것인가

바다도 보이지 않는 사다리를 가지고 있다 색깔에서 풀려나기 위해 바다도 하늘 같은 바닥으로 가라앉고 있다 다크 블루는 수직적 거미줄에 갇혀 청색에 들러붙어 있는 나를 핀셋으로 꺼내 바다에 버렸고 수평선이 나를 건져 그 품에 품어주었다 생각을 말리고 습濕을 말리고 오래된 내 노을의 등창도 깨끗하게 말려주었다 다크 블루는 아직도

혼자 가라앉고 있다

– 「다크 블루 2」 전문

이 시에는 은빛과 짙은 파랑색의 색채가 다루어지고 있는데, 서로 대립적인 이미지를 지닌 것으로 묘사되고 있다. 즉 은빛은 "저 은빛 순례자, 저 순례자는 밤빛을 지나 계속 밤 속으로 올라가면 캄캄한 하안거를 지나 빛의 극광대를 건너 어디까지 흘러갈 것인가"라는 대목에서 알 수 있듯이 상승하고 확산하는 이미지로 포착되고 있고, 파랑색은 "다크 블루는 아직도 혼자 가라앉고 있다"는 진술에서 알 수 있듯이 하강과 수렴의 이미지로 그려지고 있다.

은색은 빛나는 하얀색이라고 할 수 있는데, 그것은 금과 대비되는 은의 이미지로 대변되기에 달빛의 광채라든가 여성성에 대한 함의를 지니고 있다. 이 시에서도 은빛은 "달빛을 온몸에 끼얹은 사다리"라든가 "고요한 밤의 바다를 건너가고 있는 저 은빛 순례자" 등의 표현에서 은색이 달빛과 연관되어 있음을 시사하고 있으며, "빛의 극광대"라는 표현이 환기하듯이 어떤 비밀스럽고 신비로운 속성을 강조하고 있는데, 이러한 은빛은 흘러넘치며 상승하는 이미지로 수용되는 것이다.

더욱 주목되는 색채는 "다크 블루"라는 짙은 파란색인데, 이 색은 "바다도 하늘 같은 바닥으로 가라앉고 있다"

라는 표현과 "다크 블루는 수직적 거미줄에 갇혀 청색에 들러붙어 있는 나를 핀셋으로 꺼내 바다에 버렸고"라는 표현, 그리고 "다크 블루는 아직도 혼자 가라앉고 있다" 등의 구절에서 추출할 수 있듯이 하강과 몰락의 이미지로 포착된다. 특이한 점은 "생각을 말리고 습濕을 말리고 오래된 내 노을의 등창도 깨끗하게 말려주었다"라는 묘사에서처럼 청색이 물기를 제거하여 말리고 건조시키는 작용을 하는 것으로 포착되고 있다는 점이다.

오스트리아의 인지심리학자인 루돌프 슈타이너Rudolf Steiner(1861~1925)는 청색의 본질이 초지상적인 세계를 지상으로 끌어들이는 것이며, 청색은 주변에서 중심으로 방사하는 특성을 지니며 경계에서 응축되어 내부를 향해서 흘러간다고 진술한다. 그러면서 힘이 응축된 파도가 보다 밝아지면서 중심 쪽으로 역류하는 것이라고 설명하기도 한다. 그러니까 청색은 중심을 향해서 수렴되며 응축되는 성질을 지닌 색이 되는 셈인데, 이처럼 중심을 향해 응축되는 색채란 곧 수렴과 응축의 운동성이 함축하고 있는 하강과 건조의 힘이기도 한 것이다.

이 시와 마찬가지로 청색을 다룬 「미드나이트 블루」라는 시에서 시인은 "망자는 눈을 뜨고 죽었다 그 눈을 감겨주기 위해 미드나이트 블루가 망자의 홀쭉한 집으로 내려왔다 낮인데도 갑자기 어두워지며 색깔이 도드라져 황홀하게 그 색깔이 강림하였다 오래전 마구간에 쏟아졌던 따스한 빛처럼 내려왔다"라고 하면서 청색이 앞서 슈타이너가 지적한 것처럼 초지상적인 세계를 지상으로 끌어들이는 색이라는 이미지를 강조하고 있다. 청색이란 하랄드 브램이 『색의 힘』에서 강조하듯이 하늘과 신이라든가 영혼의 신성함이라는 이미지를 지니고 있는데, 시인은 청색에 대해서 "오래전 마구간에 쏟아졌던 따스한 빛"이라는 이미지를 통해서 그 신성함을 부각시키고 있는 셈이다. 그렇다면 '레몬시폰' 시에 등장하는 노랑의 색채 이미지는 어떠한 모습일까?

　늘 폭포처럼 쏟아지는 모래, 레몬 시폰 속으로, 그 환幻 속으로 쓸려 들어가 파묻혀야 잠에 빠져들 수 있다 레몬 시폰은 무게가 없고 향기가 없고 자세히 바라보면 색깔도 점점 희미해져 사라지고 있다

　눈을 뜰 수 없었던 사막폭풍 속에서 웅크리고 있었던 적 있다 폭풍이 지나가길, 길이 다시 드러나길 기다린 적 있다 나는 환幻 속을 거닐 만큼 어리석거나 얇은 여자는 아니다 모래폭풍은 살아 있는 오늘처럼 한 가지 색깔로 몰아치고 있다 생애는 뭔가를 내놓아야 할 때가 찾아오고 만다 온몸에 힘을 주고 그 존재에 화인火印으로 지지듯 나를 인

111

식시켜야 할 때가 찾아오고 만다

　소유주를 위한 제사, 제祭를 마치면 모래폭풍이 가라앉
고 카키가 빛을 머금고 허공에 떠 있다 그때 비로소 잠은
나를 거두어 준다 잠 속에서 카키에서 레몬 시폰으로 나의
색깔이 사막 본래의 건조한 영토를 넓혀가고 있고 나를 봉
헌하듯 배꼽 위에 가시런히 두 손을 모으고 다음 차례를
기다리고 있다

　나의 색깔엔 본래 주인이 없다

― 「레몬 시폰」 전문

　'레몬 시폰'이란 투명에 가까운 연한 노란색으로 여리
고 은은한 느낌을 주는 색감을 지니고 있다. 루돌프 슈타
이너는 노랑에 대해서 스스로 빛을 내는 색이라고 전제하
고 중심에서 주변으로 퍼지려는 속성을 지닌 색채로 규정
하고 있으며, 그 본성상 외부로 퍼지면서 엷어져 사라지려
한다고 주장한다. 또한 『색채의 예술』의 저자 요하네스 이
텐Johannes Itten(1888~1967)은 노란색에 대해서 "노란색은 여
러 가지 색상 중에서 무엇보다 환한 빛을 발하는 것이다
(…) 일반적으로 '빛을 비추어 본다'라는 것은 지금까지 감
추어져 있던 사실을 인식하도록 만드는 것을 의미한다"라

고 하면서 감추어진 영혼에 빛을 비추어 그것을 인식하도록 하는 빛깔임을 강조하고 있다.

이 시에서 시인은 "폭포처럼 쏟아지는 모래"라든가 "사막폭풍" 등의 이미지를 통해서 레몬 시폰이 모든 것을 무화시키고 소멸시키는 어떤 힘에 대한 상징임을 시사하고 있다. "그 환幻 속으로 쓸려 들어가 파묻혀야"라는 표현이라든가 "레몬 시폰은 무게가 없고 향기도 없고"라는 표현, 그리고 "색깔도 점점 희미해져 사라지고 있다" 등의 표현이 레몬 시폰이 지니고 있는 소멸의 운명과 성향을 명증하게 드러내 주고 있다.

그런데 특이한 점은 이처럼 소멸과 상실의 이미지를 지닌 노랑의 색채 이미지가 확산과 팽창의 이미지로 변형되고 있다는 것이다. "잠 속에서 카키에서 레몬 시폰으로 나의 색깔이 사막 본래의 건조한 영토를 넓혀가고 있"다는 진술이 이를 시사하고 있는데, 이러한 상상력의 전개는 주목할 만하다. 시인은 이러한 확장의 계기로 인식적 힘을 매개적 기제로 설정해 놓고 있는데 "생애는 뭔가를 내놓아야 할 때가 찾아오고 만다 온몸에 힘을 주고 그 존재에 화인火印을 지지듯 나를 인식시켜야 할 때가 찾아오고 만다"는 표현이 이러한 사실을 분명히 하고 있다. 그러니까 앞서 요하네스 이텐이 노랑이란 감추어진 것을 드러내어 그 영혼을 인식하도록 한다는 설명처럼 시인 또한 노랑의 색채적 이미지에서 인식적 효과를 강조하고 있는 셈이다.

또 하나 유의할 점은 시인이 이러한 인식적 과정을 하나의 제의ritual로 간주하고 있다는 점이다. "소유주를 위한 제사, 제祭를 마치면 모래 폭풍이 가라앉고"라는 표현이라든가 "봉헌"이라는 시어 등이 그러한 사실을 암시하고 있다. 그러니까 시적 논리는 레몬 시폰이라는 색은 확산과 소멸의 이미지를 지니고 있기도 하지만, 그러한 소멸과 확산이라는 존재의 해체 현상은 일종의 제의와 같고 그것은 결과적으로 어떤 또 다른 존재의 확산과 팽창을 초래한다는 것이다. 루돌프 슈타이너는 색채의 힘에 의해 우리의 혼이 어디에도 존재하게 될 때 우리는 영적인 것과의 관계를 추구한다고 말한다. 그는 색채란 정신적인 것이며, 우리의 혼속에 존재하기 때문에 색채에 대한 관조는 이성적이고 물질적인 세계 너머의 영적 세계로 인도한다는 것이다. 시인이 레몬 시폰을 통해서 어떤 존재의 소멸이라는 제의와 새로운 존재의 확장이라는 갱신의 이미지를 발견한 것은 인류의 오랜 역사에 새겨진 무의식의 세계라든가 영적 세계로 통하는 문지방을 생각하도록 한다.

2. 색채가 환기하는 기억과 서사

지금까지 임지훈 시인이 구축한 아름답고 매혹적인 색채의 이미지를 분석해 보았지만, 이 외에도 빨강과 보라, 회색과 주황 등의 다양한 색채 이미지들이 시집 곳곳에서 빛을 발하고 있다. 지면 관계상 이러한 현란한 색채 이미지의 전모를 다루기는 어렵지만, 이미 분석한 작품만으로도 임지훈 시인의 이번 시집이 지닌 매력과 문제적 성격을 어느 정도 파악할 수 있을 것이다. 이번에는 색채가 환기하는 주관적인 효과로서 기억과 서사의 문제를 다루어보도록 한다. 이미 괴테가 그의 『색채론』에서 "경험이 가르쳐주는 바에 따르면, 각각의 색채는 각각 독특한 기분으로 마음에 전해진다"고 주장한 것처럼 색채란 매우 주관적인 감각 현상이자 정서적 효과를 지닌 것이기도 하다. 시인이 색채를 통해서 과거의 기억을 환기하기도 하고, 특정한 서사적 구도를 구축하는 것은 이러한 맥락에서 이해할 수 있다.

바람이 들락날락하시는 어머니는 아직도 아버지 밥을
퍼서 모셔둔다 아버지 배가 항구로 돌아오든 못 오든 나
는 상관없다 그가 아직도 바닷속에서 억하심정으로 표창
을 날리고 있는 걸 저 불가사리를 보면 알 수 있으니까 선
착장은 물기가 많아 밤의 그림자도 늘 질퍽거렸다 집을 자

주 지워버리는 아버지 때문에 나는 어머니에게 그냥 맞았다 그 상처를 만져주고 싶어 그때로 돌아가고 싶지만 굴뚝마다 이래저래 울부짖던 소리가 새어 나오는 자욱한 그 거리로 들어갈 수 없다 좁은 수채 같던 그 골목, 아버지는 없고 다크 오렌지만 끓어 넘치던 그 거리

– 「다크 오렌지」 전문

주황색, 혹은 오렌지색은 빨강과 노랑의 색채가 혼합하여 형성된 색채로서 자극적이면서도 흥분을 유발하는 색이다. 주황은 빨강처럼 뜨겁게 느껴지지는 않지만, 난롯가의 따뜻하고 편안한 기억을 떠올리게 한다. 촉감 면에서 그것은 노란색보다 좀 더 따스하고 시각적으로는 햇볕에 잘 익은 결실, 혹은 풍족한 느낌의 추수감사절 등과 연결된다.

하지만 이 시에서 주황색은 질척거리는 선착장의 물기 많은 그림자라든가 좁은 수채 같던 지저분한 골목의 이미지와 결부되어 있다. 오렌지색은 가난했던 유년 시절과 아버지의 죽음, 그리고 울부짖는 소리가 새어 나오는 그 수챗구멍 같은 골목길을 연상하도록 하는 것이다. 그러니까 이 시에서 오렌지색은 그것이 내포하고 있는 따뜻하고 풍요로운 이미지와 전혀 다른 결핍과 궁핍, 그리고 부패와 황폐함 등의 과거 기억을 환기하면서 아이러니한 효과를

산출하고 있는 셈이다. 다음 작품은 색채가 기억과 관련되어 있음을 좀 더 명증하게 보여준다.

나는 이제 침전沈澱으로 비밀을 지키고 있다 스틸 블루의 하늘을 바라보고 있다 나를 흔들어 가벼운 시선이 모두 사라질 때까지 나는 하늘을 바라보고 있다 빛을 보면서 가벼워지고 맑아지는 만큼 내 속통은 탁해지고 흐려져 침전물이 생긴다 숨겨달라고 찾아오는 자잘한 느낌들, 기억들 난 그것들을 침전시켜 하늘 바닥 같은 색깔 속에 감춘다

기억들이 다시 돌려달라고 들쑤시기 때문에 돌려주기 위해 잠깐 나를 마비시켜야 한다 짤캉거리는 침전물과 뒤섞인 기억들, 어떤 것이 맞는지 혼란스럽다 요즘 기억은 구름에 관한 것이 대부분이다 저 텅 빈 눈알들, 뿌옇게 드러났다 바로 사라지는 무명의 피안彼岸들

북한산에서 청설모의 식사를 엿본 적 있다 어떤 순례자가 벤치에 호두 몇 알을 그를 위해 바쳤다 그는 먹이와 경계警戒의 수평선에 한 발로 서서 한참을 궁리를 하였다 관찰하는 내 눈치를 보면서 부산하게 나무를 타고 꼭대기로 오르기도 하고 숲을 이리저리 뛰어다니기도 했다 끝내 벤치

에 놓인 호두를 다 먹어치우고 종적이 황홀해졌다

– 「스틸 블루」 전문

'스틸 블루'는 단단한 블루의 색깔, 짙은 청색, 혼탁한 파란색, 혹은 어두운 남색藍色 등으로 다양하게 표현되곤 하는데, '스틸still'이라는 명칭에서 알 수 있듯이 단단하고 무거운 느낌을 주는 청색이라 할 수 있다. 스틸 블루라는 청색이 환기하는 기억과 서사를 다루면서 시인이 '침전沈澱'이라든가 '탁해지고 흐려져(진) 침전물' 등의 표현을 사용하는 것은 '스틸 블루'라는 명칭에서 환기되는 철鐵의 둔중하고 탁한 이미지를 연상하기 때문이다. 그러니까 스틸 블루라는 색채는 가벼워지고 맑아지는 시선과 탁해지고 흐려지는 침전물로 분리되는 작용을 하는 것인데, 그 탁해지고 흐려진 침전물에는 "자잘한 느낌들"과 "기억들"이 섞여서 가라앉게 된다.

이 시는 기억의 내용에 대해서 자세히 다루지는 않는다. 다만 그 기억의 질과 양태에 대해서만 간략히 암시할 뿐이다. "요즘 기억은 구름에 관한 것이 대부분이다 저 텅 빈 눈알들, 뿌옇게 드러났다 바로 사라지는 무명의 피안彼岸들"이라는 이미지에서 연상할 수 있듯이 기억은 언제나 구름처럼 불투명하게 드러났다 곧 사라질 뿐인데, 어떤 알 수 없는 새로운 대륙을 보여주는 듯한 기능을 담당하기도 한다. 그리고 그것은 청설모의 식사 장면을 떠올리는 장면에서 암시하고 있듯이 "먹이와 경계警戒의 수평선에 한 발로 서서 한참을 궁리"하게 하는 속성을 지니고 있는 것이다. 그러니까 스틸 블루가 환기하는 기억이란 그것을 향유할 것이지 혹은 그것의 자각을 경계할 것인지를 항상 망설이게 하는 양가적인 가치를 지니고 있는 셈이다.

시인은 「카데트 블루」라는 작품에서 "혼자 골똘해지는 건 기억의 골짜기에 빠져버린 까닭이다 기억의 색깔과 밀도가 스스로에게도 나눌 수 없는 깊이임을 알아차리고 영혼은 입을 닫은 것이다"라고 하면서 기억의 불가사의한 속성에 대해서 언급하고 있기도 하다. 시인에게 색채가 환기하는 기억이란 미묘한 색채와 밀도가 섞여 있어서 그것을 명증하게 인식하거나 의식화하는 것이 어려운 것에 속하는데, 이는 시인이 기억을 마치 무의식의 영역처럼 대하고 있다는 것을 시사하고 있다. 다음 시는 시인의 상상력에서 기억과 무의식이 서로 겹쳐 있음을 좀 더 분명히 보여준다.

내가 어릴 때부터 그녀는 누워만 있었어 심부름만 시키기에 집을 나와 기웃거리며 산다는 게 심심하다는 걸 알았어 있어도 없는 그녀, 운동회날 엄마와 달리기 시간에 난 함성을 벗어나 교사校舍 뒤를 혼자 빙빙 돌았어 그런 날은 점심시간이 귀찮았어 김밥 몇 토막을 주며 너무 많이 쏟아

지던 질문들, 부산에 그녀와 같은 환자가 몇뿐이었어 그녀
는 창피하다고 집 밖으로 나가질 않아 휠체어도 없었어 고
교 때 그녀를 업고 부산에서 강원도 기도원에 간 적 있어
사람들이 모두 쳐다보며 혀를 찼어 불쌍하다는 눈빛 속에
죄책을 후비는 철사도 들어 있었어 내가 그녀를 아프게 만
든 것을 알았어 그녀는 아픈데 난 창피한 것만 떠올라 이
중으로 죽고 싶었어 숲처럼 후박한 목소리와 눈빛이 따뜻
했던 기도원은 지푸라기라도 잡으려는 손에서 썩은 지푸라
기까지 빼앗기만 했어 그때 이미 세상은 제멋대로 굴러가
고 있다는 걸 알고 말았어 이젠 창밖을 보듯 그냥 바라볼
수 있어 무거운 여자를 업고 낑낑대던 그 소년을, 기도원의
값싼 커튼과 웅얼거리는 기도 소리를 담담히 바라볼 수 있
어 이제야 그녀가 그토록 찾고자 했던 것이 스프링 그린인
걸 알았어 요즘 나도 자꾸 어지러워 그녀가 다가와 저쪽에
서 획득한 무서운 힘으로 내 머리카락을 잡으려고 해 나는
그 손아귀를 벗어나려고 몸부림을 치며 꿈에서 깨어나곤
해 어제도 라일락을 바라보다 너무 아름다워 쓰러지고 말
았어

– 「스프링 그린」 전문

  '스프링 그린'이란 봄에 막 돋아나는 밝은 빛의 황록색
으로 노랑과 녹색이 결합된 색채를 지칭한다. 그것은 봄의

약동하는 생명력을 환기하면서도 연약하고 가녀린 속성을 함축하고 있기도 하다. 시인은 봄이 되어 이러한 스프링 그린을 보면서 아득한 기억 속으로 빠져드는데, 기억 속으로 침전하는 것은 곧 꿈과 같은 무의식의 세계로 잠입하는 것과 다르지 않다. 그 무의식의 세계란 고통과 죄책감, 그리고 고독과 회한이 들끓고 있는 세계이기도 하다.

스프링 그린이 환기하는 시적 화자의 기억 속에는 어릴 때부터 누워만 있는 어머니가 있다. 그녀는 언제나 누워 있었기에 엄마 역할을 할 수 없었고, 그래서 시적 화자는 운동회가 있는 날은 다른 아이들과 달리 혼자 소외되어 고독한 시간을 보내야만 했다. 그런데 시적 화자는 누워 있기만 해야 하는 엄마에 대해서 심한 죄책감에 시달리고 있다. "불쌍하다는 눈빛 속에 죄책을 후비는 철사도 들어 있었어 내가 그녀를 아프게 만든 것을 알았어 그녀는 아픈데 난 창피한 것만 떠올라 이중으로 죽고 싶었어"라는 대목에서 우리는 시적 화자가 심한 죄책감에 사로잡혀 있으며 자책으로 고통받고 있음을 알 수 있다.

그런데 시적 공간에는 왜 시적 화자가 그녀를 아프게 했는지, 왜 그처럼 심한 죄책감에 시달려야 했는지가 분명하게 드러나지 않고 있다. 물론 시적 문맥에 드러나지 않는 어떤 행위가 그녀를 그처럼 아프게 했을지도 모른다. 하지만 "그녀가 다가와 저쪽에서 획득한 무서운 힘으로 내

머리카락을 잡으려고 해 나는 그 손아귀를 벗어나려고 몸 부림치며 꿈에서 깨어나곤 해"라는 구절을 보면, 시적 화자는 무의식 속에서 그녀를 무거운 짐처럼 생각하고 자신을 구속하고 속박하는 대상으로 생각하여 기피하고 싶었던 욕망이 있었고, 그러한 욕망이 시적 화자를 무거운 죄책감으로 짓누르고 있음을 짐작할 수 있다. 더구나 "이제야 그녀가 그토록 찾고자 했던 것이 스프링 그린인 걸 알았어"라는 표현을 보면, 그녀의 약동하는 생명력에 대한 소망과 시적 화자의 무의식적 회피의 욕망이 서로 충돌하면서 더욱 그 죄책감을 부가시키고 있음을 추측할 수 있다.

색채는 시인에게 기억을 촉발시키는 역할을 하면서 그 기억과 관련된 서사를 구성하도록 하고, 그 기억과 서사는 시인이 간직하고 있던 무의식적인 욕망의 세계를 떠오르도록 한다는 것을 이 시는 보여주고 있다. 그러니까 시인에게 색채란 거대한 꿈이라는 무명의 피안으로 건너가게 하는 징검돌이자 무의식적 욕망이라는 거대한 빙산의 아래로 잠입하게 하는 매개 역할을 하고 있음을 확인할 수 있다. 기억과 무의식의 세계로 인도하는 색채가 판타지의 세계로 이끌 수 있다는 것은 그리 어렵지 않게 상상할 수 있다.

그대를 생각하면 잠이 아깝다 밤을 버티다 깜빡 잠에

122

머리카락이 닿았다 까무러치게 아름다운 레드에 파묻혀, 눈이 감기는 향기 속으로 미끄러져, 노란 줄무늬의 배에 태워져, 울긋불긋 장미로 가려진 마녀의 집으로 끌려갔다 꽃향기를 탐닉하다 휘어져버린 마녀의 코는 가까이에서 보니 오히려 흉하지 않았다 마녀는 원피스를 입고 있었다 파이어 브릭의 땡땡이가 있는 하얀 원피스였다 주름진 코가 증이 난 눈보다 우습고 귀여워 보였다 천년 동안 굶은 그녀의 코끼리 코는 나를 후비고 쿵쿵대며 추궁하였다 그대에 대하여 한 마디도 발설하지 않았다

장미의 나라에서 매일 첫날 아침처럼 피어나고 빛나고 반짝이는 그대를 나는 모른다고 하였다 마녀는 그녀가 장미의 숲을 훔쳐 갔다고 하였다 장미의 기름으로 켜둔 촛불에 끄슬린 마녀는 끝내 장미의 꽃잎 같은 검붉은 혀로 나를 괴롭혔고 나는 코카인 같은 다크 레드에 혼절하고 말았다 검고 위험한 욕망 속에서 밤과 색깔을 잃고 갇혀 있었다 핑크의 가벼운 발소리로 그대가 다가와 나는 그 품에 안겨 마녀의 집을 빠져나왔다

나는 돌아왔지만 그대가 사라져 모르는 골목을 배회하고 있다 어느 아침 붉은 벽돌집 창문을 흘깃 보았다 음전한 여자가 장미를 다듬고 있었다 장미는 미세하게 끓고 있

는 꽃이라 시간이 위험하다고 혼잣말을 하고 있었다 나는
그때 깨달았다 사랑의 주름진 얼굴을 마녀를 통해 미리 보
았다는 사실을

— 「파이어 브릭」 전문

'파이어 블릭'은 벽돌색으로 번역되는 짙은 자주색으로
서 빨강 계열의 색채에 속한다. 그것은 빨강이 열정적인
사랑이라든가 불, 피와 연관되어 있듯이, 원초적이며 격렬
한 정동을 야기하는 색채라고 할 수 있다. 그래서 빨강은
극단적인 세계와 결부되기도 하고, 사람을 홀리는 마법과
마술, 그리고 신경의 흥분과 같은 상황과 연결되는데, 부
정적인 측면에서는 죽음의 신호라든가 공격성, 혹은 잔혹
성 등의 뉘앙스를 내포하기도 한다.

이 시는 이러한 빨강의 속성을 '파이어' 브릭이라는 용
어를 통해 더욱 강조하고 있으며, 시적 공간에서는 "장미"
의 이미지와 '마녀'의 등장을 통해서 심화하고 있다. 그러
니까 파이어 브릭은 불꽃 같은 열정과 극단적인 정념을 환
기하면서 마법과 같은 어떤 원초적이고 불사의한 세계로
시인을 인도하고 있는 셈이다. 물론 그러한 세계란 판타지
의 세계이기도 한데, "아름다운 레드에 파묻혀, 눈이 감기
는 향기 속으로 미끄러져, 노란 줄무늬의 배에 태워져, 울
긋불긋 장미로 가려진 마녀의 집으로 끌려갔다"는 대목이

빨강의 색채가 마법적 세계와 환상으로 연결되어 있는 통로라는 것을 분명히 해주고 있다.

판타지의 세계는 근원적이고 원초적인 욕망이 꿈틀거리고 있는 곳이다. "장미의 기름으로 켜둔 촛불에 끄슬린 마녀는 끝내 장미의 꽃잎 같은 검붉은 혀로 나를 괴롭혔고 나는 코카인 같은 다크 레드에 혼절하고 말았다 검고 위험한 욕망 속에서 밤과 색깔을 잃고 갇혀 있었다"는 대목이 환상 세계의 양상을 묘사하고 있다. '검붉은 혀'라든가 '코카인 같은 다크 레드', 그리고 '검고 위험한 욕망' 등의 표현과 이미지들이 판타지 세계의 어떤 원초적인 성격과 극단적인 욕망의 속성을 대변해주고 있다. 물론 시인은 이러한 환상의 세계에서 돌아와 그처럼 원초적인 세계와 극단적인 욕망의 파토스가 일시적인 것이며 허무한 종말이 기다리고 있다는 것을 자각한다. "사랑의 주름진 얼굴을 마녀를 통해 미리 보았다는 사실을"이라는 표현이 이를 암시하고 있거니와 그렇다고 하더라고 색채가 인도하는 매혹적인 판타지의 세계가 그 빛을 완전히 잃는 것은 아닐 것이다.

3. 색채의 심리와 상징

이제 마지막으로 색채가 야기하는 심리적 정동과 그것이 함축하는 상징의 세계를 간단히 알아보고 글을 마무리하고자 한다. 임지훈 시인의 이번 시집은 색채가 그려내는 추상적인 이미지라든가 그것이 인도하는 꿈과 무의식, 혹은 판타지의 세계를 매혹적으로 그려내고 있었다. 색채는 다양한 심리적 상황을 조성하고, 정동의 흐름을 조정하기도 하는데, 그렇기에 고대부터 인류는 색채를 심리적, 정신적 상처를 치료하는 기제로 활용하기도 하였다. 또한 색채는 하나의 기표로서 다양한 기의를 지닌 상징적 언어로 활용되기도 했는데, 시인 역시 이번 시집에서 색채가 야기하는 다양한 심리적 상황과 정동의 양상을 포착할 뿐만 아니라 그것이 함축하고 있는 상징적 의미까지 파고들고 있다.

음식물 수거통에 가지가 닿은 채 꽃이 피어나고 있다
두 개의 냄새 속에서 나는 사진을 찍는다 냄새와 향기는
서로 경계를 부수며 부딪히는 칼날 소리가 쟁쟁하다

누구에게 먼저 함락당할 것인지, 향의 성채를 무너뜨릴
것인지, 다른 빛깔의 사랑도 아랑곳없는 너처럼 두 개의 세
계는 살아 있다 자유처럼 살아 있다

〈

　침범할 수 없는 왕국의 기품이 장미의 향기 속에 굳건하

다 빛조차도 그 성벽 바깥에서 캐터펄트처럼 으르렁댈 뿐

무너뜨릴 수 없는 저 고혹하고 단호한 색깔의 나라

　꽃잎이 에워싸고 있는 장미의 처녀지, 붉은 색깔이 녹아

동그란 강으로 회오리치듯 흐르고 있다 순결한 소음순의

안쪽 블랙과 크림슨이 섞여 있는 왕국, 의구심이 색깔로 흐

르고 있는 텅 비어 가벼운 나라

　사랑이 결국 함락당해 불타고 있는 도서관의 불꽃이듯

이젠 거울이 된 여자의 강을 따라 깊은 사랑이 흘러가고

있다

- 「핫 핑크」 전문

　색채에는 문화를 초월한 공통의 이미지가 있는데, 분홍

색의 경우는 '사랑'이라든가 '행복'의 상징이 되는 경우가

많다고 한다. 동양에서 분홍색은 피안의 색채로 활용되는

데, 불교에서 분홍색의 연꽃이 열반의 상징으로 표현되는

것을 보면 분홍색이 무언가 특별히 성스러운 분위기를 자

아내는 색채라는 것을 알 수 있다. 유명한 피카소의 생애

에서 '청색의 시대'와 '장미의 시대'로 상징되는 두 가지 정

신상태를 구별할 수 있는데, 청색시대가 친구의 죽음으로 인한 상실과 좌절의 시대를 대변한다면 장미시대는 연인과의 행복은 나날을 나타내는데, 분홍색이 장미시대를 대변해준다. 그래서 분홍색은 여성성과 관련되며 따뜻하고 부드러운 이미지를 지니게 되는데, 이 시에서는 이러한 이미지가 '향기'라는 후각적 이미지와 '흐른다'는 운동 이미지로 변형되어 있다.

이 시에서 또렷한 분홍색을 뜻하는 '핫 핑크'는 향기라는 후각으로 수용되고 있으며 장미라는 꽃을 통해서 이미지가 형성되고 있는데, 그것이 "음식물 수거통"의 '냄새'와 대비되어 있다는 점이 특이하다. 음식물 수거통은 부정적인 의미에서 냄새를 풍기고 있는데, 그 옆에서 분홍색의 장미꽃은 은은한 향기를 뿜어내며 그것을 극복하고 있는 것이다. 시인이 굳이 분홍색의 이미지를 형성하면서 쓰레기 수거통의 냄새를 대비시켜 "냄새와 향기는 서로 경계를 부수며 부딪히는 칼날 소리가 쟁쟁하다"고 표현한 것은 분홍색이 지니고 있는 쉽게 침범당할 수 있는 연약하고 무른 뉘앙스의 색채 감각을 강조하기 위해서일 것이다.

또한 시인은 분홍색의 색채에 대해서 "침범할 수 없는 왕국의 기품"이라고 묘사하기도 하고, "저 고혹하고 단호한 색깔의 나라"라고 단정하기도 하는데 분홍색에 대한 이

러한 수사는 그것이 지닌 인간의 근원적 욕망으로서의 사
랑과 행복, 그리고 지복至福과 성스러움이라는 종교적 상징
을 읽어냈기 때문일 것이다. 또한 시인은 "꽃잎이 에워싸고
있는 장미의 처녀지"라는 비유와 함께 분홍색에 "순결한
소음순의 안쪽 블랙과 크림슨이 섞여 있는 왕국"이라는 성
적인 이미지를 덧붙이기도 하고 "의구심이 색깔로 흐르고
있는 텅 비어 무서운 나라"라고 하면서 주관적인 감정과
느낌을 연상하기도 하는데, 이러한 구도는 분홍색이 지닌
상상력을 자극하는 로맨틱한 이미지라든가 조금은 경박하
고 믿음직스럽지 못한 색채 이미지에 대한 반응일 것이다.
한편을 더 읽어보자.

늑대는 밤빛에 대고 짖고 있다 짐승의 울음을 타고 또
밤 하나가 어둠을 건너가고 있다 늑대는 울고 있다 달빛을
울음이 갉아 잿빛 털이 날린다

눈雪이 털을 따라 내리고 있다 털과 눈보라는 무채색,
슬프지 않다 길게 이어지는 울음소리, 늑대가 울음으로 동
토를 떼어 둘러매고 떠나가고 있다 그녀가 사라지고 난 뒤
부터 나도 매일 시베리아로 밀려가고 있다 울음소리를 따
라 시베리아 바람 속으로 밤새도록 밀려가고 있다
〈

눈보라와 이어져 있는 짐승의 울음소리는 빛을 삭제시
켜 밤을 반복하고 있다 극광에 닿아 하얗게 변하고 있는
울음소리, 짐승만이 사랑에 울 수 있도록 태어났다

잠은 언제부터 짐승들의 울음소리로 채워졌을까 소란한
잠을 덮어두고 벌판을 걷고 있다 잠깐 동안 눈이 쏟아져
벌판이 하얀 뗏목이 되어 떠내려가기 시작한다 나는 따라
갈 수도, 그녀에게 돌아갈 수도 없다

그녀가 다른 나를 데리고 떠나갔기에 나는 짐승의 소리
가 적층 된 시베리아 바람 속으로 유배를 당한 셈이다 바
람이 늙어 휘어진 쇳소리로 울리고 있는 시베리아, 바람이
우는 소리인지, 짐승이 하늘을 긁는 소리인지, 얼어붙은 음
악은 하늘로 솟아 차가운 불로 일렁거리고 있다 동토의 다
크 블루에선 전혀 다른 불꽃이 고통 없이 눈보라 사이로
삐져나오고 있다

울음과 눈물은 만나 불꽃이 튀고 있다 늑대의 불이 내게
옮겨붙었다 짐승의 눈은 흰자위가 없다 타오르는 불로 자
유로워지기 위해 골드의 눈알로 바꿔 달고 생의 끄트머리
를 물고 울고 있다 짐승은 다크 블루 속에 달빛을 욱여넣
으며 그 색깔로 사랑에서 빠져나오고 있다

130

'골드'는 물론 금을 의미하가도 하지만 여기서는 늑대
눈알의 색채를 의미하기도 하는데, '골드의 눈알'이라는 표
현이 이를 분명히 보여준다. 늑대의 눈알이 지닌 색채로서
의 '골드'는 당연히 금과 금빛을 연상시키는데, 금빛은 노
란빛이기는 하지만 황금과 같이 광택이 나고 윤기가 흐르
는 빛이라는 점에서 특이점이 있다. 그러니까 금빛은 '타오
르는 불'과 같이 이글거리며 작렬하는 강렬한 빛으로서 태
양 빛에 가까운 색채라고 할 수 있다. 이글거리며 타오른
다는 점에서 그것은 어떤 강렬한 정동의 분출과 욕망의 세
계를 상징하기도 한다.

이 시에서 금빛은 달빛이라든가 잿빛과 대비를 이루면서
불타오르고 있는데, 달빛이라든가 잿빛이 사랑의 결핍과
상실과 같은 부정적 상황을 전제하고 있다면, 이와 대비되
는 골드는 그러한 부재와 결핍에 대한 대응으로서의 정동
과 욕망을 응축하고 있다. "그녀가 사라지고 난 뒤부터 나
도 매일 시베리아까지 밀려가고 있다"는 표현에서 알 수
있듯이 시적 화자는 실연의 고통으로 인해서 차가운 동토
의 땅에 거주하게 되었다. 물론 이는 심리적 차원의 영토
를 의미할 것인데, 그러한 영토에서는 "눈보라와 이어져 있
는 짐승의 울음소리"가 "빛을 삭제시켜 밤을 반복하고 있

131

다." 또한 "잠깐 동안 눈이 쏟아져 벌판이 하얀 뗏목이 되어 떠내려가기 시작하"고 있는데, 이러한 장면은 앞서 분석한 '죽은 사람을 덮는 흰 천으로서의 수의라든가, 겨울에 온 대지를 덮는 하얀 눈'이 함축하고 있는 흰색의 상징을 떠올리게 한다.

'그라운드 제로'와 같은 그러한 시베리아의 동토에는 "바람이 우는 소리인지, 짐승이 하늘을 긁는 소리인지, 얼어붙은 음악은 하늘로 솟아 차가운 불로 일렁거리고 있다." 여기서 '차가운 불'이라는 역설적 표현이 주목되는데, 그것은 어떤 욕망의 분출이라든가 열정의 폭발이 아니라 그것들이 차갑게 식어서 응결된 얼음과 같은 불을 연상시키기 때문이다. 실제로 시인은 "울음과 눈물은 만나 불꽃이 튀고 있다"라고 표현하기도 하는데, 이러한 표현은 불꽃이 얼음처럼 응결되어 빛을 받다 반짝이는 이미지를 연상케 한다. 그러니까 시인이 강조하는 "타오르는 불로 자유로워지기 위해 골드의 눈알로 바꿔 달고"라고 표현하고 있는 골드의 색채란 사실은 차갑게 응결되어 반짝이는 빛을 발산하고 있는 골드로서 해탈과 해방과 같은 자유로움을 상징하는 색채로 변모되어 있는 셈이다. 시인의 색채에 대한 주관적 상상력이 빛을 발하고 있는 장면인데 원래 금이 라틴어로 아우름Aurum이었고, 여기에서 우리가 흔히 쓰는 아우라Aura라는 말이 나왔다는 것을 상기해 보면 이러한 상상력의 흐름을 이해할 수 있다. 후광을 뜻하는 아우라에서 극지방의 초고층 대기 중에 나타나는 발광發光 현상인 극광, 혹은 오로라aurora를 연상하는 것은 그리 어려운 일이 아닌데, 극광은 자유롭게 타오르는 불의 이미지로 손색이 없는 것이다. 마지막으로 자주색의 상징을 보자.

빛은 계단을 하나씩 내려오고 발은 올라가고 있다 계단을 하나하나 채우고 내려와 세계를 출렁거리게 하는 빛, 저 빛에 배를 띄워 나는 어디까지 건너갈 수 있을까 빛은 느리고 게으르다 물의 역순으로 세계를 채우는 빛은 항상 늦는 것에 대하여 태연한 이유가 무엇일까

나는 계단 아래에 서서 빛을 올려본다 빛이 쏟아지니 목련나무가 몸을 부르르 떨며 마지못해 더블베이스의 음색으로 자주색 꽃을 뽑아내고 있다 자주색은 빛에 대한 저주, 오늘에 닿자마자 또 색깔을 바꾸며 웃고 있는 속되고 탕진한 저 짐승 같은 꽃, 늘 출렁거리며 세계를 삼키려고 벼르는 경經의 바다 같다 몸을 봉헌하지 못한 사랑처럼 허청 같고 맹盲인 저 막막한 자줏빛

― 「빛을 탕진한 자목련」, 전문

자주색은 빨강과 보라의 중간색으로서 빨강과 보라의 두 가지 색채 심상을 동시에 지니고 있다. 그것은 무거운 느낌을 주는 빨간색 계통의 색으로서 어떤 활성화되지 않는 상태나 느른한 감정 상태를 환기하기도 한다. 시인이 시의 첫 부분에서 빛을 묘사하면서 "빛은 느리고 게으르다"라고 하거나 "빛은 항상 늦는 것"이라고 하면서 빛에 대해서 둔중하고 느린 이미지를 덧붙이는 것은 이러한 자주색의 색채 이미지를 연상하고 있기 때문이다.

그리고 이러한 느린 이미지의 빛으로부터 자목련꽃의 자주색이 피어오른다. 시인은 이러한 자목련의 개화를 묘사하면서 "더블베이스의 음색"과 연결시키고 있는데, 더블베이스는 오케스트라에 사용되는 현악기들 중 가장 큰 악기에 속하며 가장 낮은 음역을 내는 악기로 유명하다. 그러니까 시인은 자목련의 자주색에 대해서 역시 둔중하고 느린 이미지를 중첩하고 있는 셈이다. 이러한 둔중하고 더딘 이미지에 덧붙여 시인은 "자주색은 빛에 대한 저주"라고 비유하기도 하고, "색깔을 바꾸며 웃고 있는 속되고 탕진한 저 짐승 같은 꽃"이라고 하면서 자주색이 지닌 어둡고 칙칙한 느낌의 색감을 강조하고 있으며, 비속하고 천박한 느낌을 주며 어떤 적나라한 본능을 숨김없이 드러내는 심리를 연상하고 있기도 하다.

특히 "늘 출렁거리며 세계를 삼키려고 벼르는 경(經)의 바다"라는 이미지와 "몸을 봉헌하지 못한 사랑처럼 허청 같고 맹⺁인 저 막막한 자줏빛"이라는 이미지가 주목된다. "경經의 바다"라는 이미지 속에는 사제의 복장에서 발견되는 자줏빛이 세속의 활력과 다채로운 욕망을 부정하는 종교적 엄숙주의가 담겨 있고, "허청 같고 맹⺁인 저 막막한 자줏빛"에는 허위와 가식으로 점철된 그러한 엄숙주의의 맹목과 몰지각의 파탄이 고스란히 녹아 있기 때문이다. 그러니까 이 시는 자목련에 담겨 있는 자주색을 통해서 빛을 발산하면서 외부를 향해 분출하는 에너지를 지닌 다른 색채와 달리 모든 빛을 안으로 흡수하여 고이고 부패하게 하는 자주색의 자기중심적인 성향의 색채 이미지가 내포하는 몰생명과 권위주의라는 상징적 의미를 드러내고 있는 셈이다.

지금까지 임지훈 시인의 두 번째 시집인 『레몬 시폰』의 현란한 색채 이미지와 그것이 야기하는 서사와 판타지, 그리고 상징과 심리에 대해서 살펴보았다. 색채가 그것을 감상하는 주체의 내면에 생성하는 다양한 예술적 체험으로서의 상티망이라는 매혹적인 미의식을 더듬어 온 셈이다. 지금까지 한국 현대시사에서 다양한 색채 이미지를 활용하여 아름다운 작품을 창작한 이미지스트들은 많이 볼 수 있다. 하지만 색채 그 자체를 대상으로 하여 그것이 우리의 내면에 불러일으키는 예술적 체험으로서의 감정과 의식을 이처럼 구체적이고 풍부하게 탐색한 시집은 없을 것이다. 더구나 색채가 불러일으키는 연상과 상상력, 그리고 환상의 세계는 그 선명한 이미지와 함께 고혹적인 아름다움을 지니고 있다. 이러한 점에서 이 시집은 오랫동안 독자들의 주목을 받기에 충분할 것이다.

상상인 시선 *045*

고래가 나를 벗어나

초판 1쇄 발행 | 2024년 1월 29일

지 은 이 임기훈

펴 낸 곳 도서출판 상상인
펴 낸 이 진혜진
편   집 세종PNP
책임교정 종이시계
표지디자인 최혜원

등록번호 제572-96-00959호
등록일자 2019년 6월 25일
주   소 06621 서울시 서초구 서초대로74길 29, 904호
전화번호 02-747-1367, 010-7371-1871
팩   스 02-747-1877
전자우편 ssaangin@hanmail.net

ISBN   979-11-93093-38-2 (03810)

값 12,000원